La bataille des images

Exception ou extinction
du cinéma français ?

Dans la même collection

Julie Martinez, *IA et fake news* (2024).
Aude Kerivel, *Protéger l'enfance* (2024).
Florian Guyot, *La Fabrique des précarités* (2025).
Antoine Flahault, *Prévention positive* (2025).

Angélique Delorme

La bataille des images

Exception ou extinction du cinéma français ?

Flammarion

978-2-0804-7288-5

À Christophe

Introduction

Le cinéma, un atout stratégique sous-estimé

Le cinéma est bien plus qu'un simple divertissement. Dès ses origines, il s'est imposé à la fois comme un art et comme une industrie, mais aussi et surtout comme le grand récit populaire du XXe siècle. Aucun autre médium n'a autant façonné l'imaginaire collectif mondial au cours des cent dernières années, ni autant donné une forme esthétique à l'histoire même du siècle écoulé. Des salles obscures aux écrans domestiques, les films ont transporté des valeurs, des images et des histoires qui ont influencé des générations entières. C'est pourquoi de grandes puissances accordent au cinéma une importance stratégique : les États-Unis ont ainsi compris depuis longtemps qu'un film peut être une arme d'influence massive. Le politologue Joseph Nye décrivait d'ailleurs la culture – et Hollywood en particulier – comme l'un des piliers du soft power américain : « Habileté à séduire et à attirer » et « art d'influencer par l'attraction plutôt que la coercition »[1]. En exportant massivement ses productions, Hollywood a diffusé les valeurs et le mode de vie américains à une échelle planétaire, rendant bien souvent inutile la contrainte politique directe. Il n'est donc pas anodin que le président américain Donald Trump nouvellement réélu promette de restaurer un « âge d'or d'Hollywood » pour affirmer la puissance de son pays. Le cinéma est un actif stratégique majeur du rayonnement culturel et de la domination symbolique.

Or, la France entretient depuis toujours une relation unique au cinéma. Pays des frères Lumière, inventeurs du cinématographe, et de Georges Méliès, pionnier des effets spéciaux, elle s'enorgueillit, à raison, d'être le berceau du septième art. Depuis plus d'un siècle, elle a développé une identité cinématographique duale : une tradition d'auteurs, marquée par l'avant-garde de l'impressionnisme des années 1920 ou la liberté de la Nouvelle Vague des années 1960, et une industrie structurée, soutenue doublement par des politiques publiques volontaristes et des acteurs privés impulsant le financement, la

1. Joseph Nye, *Bound to Lead*, Basic Books, 1990.

production et la diffusion des œuvres. Cette exception culturelle française a longtemps protégé notre cinéma de l'écrasante concurrence hollywoodienne. Festivals prestigieux (au premier rang desquels le Festival de Cannes), revues influentes (les célèbres *Cahiers du cinéma*), succès réguliers de films français dans les grands rendez-vous internationaux, jusqu'aux Oscars, et grands noms du cinéma ayant marqué l'imaginaire collectif mondial ont entretenu l'idée d'une « filière d'excellence » pérenne, à la fois artistique et industrielle. Le cinéma en France n'est pas qu'un loisir : il est pensé comme un patrimoine vivant, un élément central de la culture nationale et un vecteur d'influence à l'étranger.

Cependant, le monde du cinéma est en pleine mutation. Au cours des dernières décennies, plusieurs plaques tectoniques du paysage cinématographique et audiovisuel ont bougé. Sur le plan technologique, la révolution numérique a bouleversé les modes de consommation des images : l'irruption d'Internet, du streaming, des réseaux sociaux, de l'ultra-mobilité des supports-écrans, du règne du tout « à la demande », et désormais de l'intelligence artificielle remet en cause la place du cinéma. Sur le plan économique, le centre de gravité s'est déplacé – de nouveaux acteurs globaux, souvent issus de la tech, dominent l'industrie et bousculent l'hégémonie des studios traditionnels, pendant que de nouvelles puissances émergent (Chine en tête) et qu'une consolidation sans précédent s'opère à Hollywood. Enfin, sur le plan socioculturel et politique, des mouvements aussi puissants que #MeToo ont provoqué une remise en question des normes et des récits proposés par le cinéma, tandis que les exigences de diversité, les sensibilités contemporaines et les nouveaux enjeux planétaires (changement climatique, retour de l'autoritarisme et de la guerre, fragmentation et multipolarité d'un monde en train de sortir de l'ère de la « mondialisation heureuse ») redessinent le contenu même des œuvres et interrogent ce que le cinéma *peut encore* comme médium.

La France, malgré ses atouts considérables, n'échappe pas à ces bouleversements. Sa position si singulière sur l'échiquier cinématographique mondial peut se fragiliser si elle ne s'adapte pas. D'autres nations jadis phares du cinéma ont connu le déclin : le cas italien sert à cet égard d'avertissement retentissant. Si l'Italie fut autrefois l'un des géants du cinéma mondial – via le néoréalisme de Rossellini et de De Sica, les œuvres-mondes de Fellini, Visconti, Antonioni et Pasolini, et l'extraordinaire richesse en parallèle de son cinéma populaire –, ce pays a vu en quelques années son industrie cinématographique s'effondrer presque totalement. Quelles leçons tirer de cette chute brutale ? Le cinéma français pourrait-il connaître un destin similaire si nous baissions la garde ? La question mérite d'être posée, car, à l'instar de l'Italie il y a quelques décennies, la France est confrontée à des réalités stratégiques nouvelles. La révolution numérique, la fragmentation de l'attention du public, la guerre économique à laquelle se livrent les géants du divertissement, tout cela menace l'écosystème patiemment construit. Un art est en danger – pas seulement en tant que forme d'expression artistique, aussi en tant que vecteur d'identité et de souveraineté culturelle.

Il est temps d'agir et de penser stratégiquement l'avenir de notre cinéma. Ce livre se veut une réflexion approfondie et un appel à la vigilance. Quelles sont les mutations en cours ? Où se positionne la France face à ces défis ? Comment faire pour que le cinéma français non seulement survive, mais persiste à affirmer sa singularité et sa vitalité dans la bataille des récits et des esthétiques qui façonne aujourd'hui l'industrie des images globalisée ? Pour bien envisager le futur, il est essentiel de comprendre le grand basculement du cinéma mondial.

Première partie

LE GRAND BASCULEMENT DU CINÉMA MONDIAL

Le cinéma italien : grandeur et décadence

L'histoire du cinéma italien est édifiante et sert d'avertissement, car son destin, exceptionnel par l'amplitude de sa place dans la cinématographie mondiale, s'est joué en à peine plus de trois décennies.

Après la Seconde Guerre mondiale, la cinématographie italienne s'affirme comme l'une des plus influentes au monde. La seconde moitié des années 1940 inaugure un âge d'or absolu : le néoréalisme de Vittorio De Sica (*Le Voleur de bicyclette*, *Umberto D.*) et de Roberto Rossellini (*Rome, ville ouverte*) révolutionne la représentation du peuple à l'écran, tandis que Federico Fellini (*La Dolce Vita*, *Huit et demi*), Luchino Visconti (*Le Guépard*), Michelangelo Antonioni (*L'Avventura*) ou Pier Paolo Pasolini (*Accattone*, *Salo ou les 120 journées de Sodome*) enchaînent jusqu'au milieu des années 1970 des chefs-d'œuvre qui marqueront durablement l'histoire du cinéma.

Les studios de Cinecittà, près de Rome, méritent alors pleinement leur surnom de « Hollywood-sur-Tibre » : ils accueillent aussi bien des productions italiennes de premier plan que des tournages étrangers, attirés par le savoir-faire local. C'est l'époque où l'Italie conjugue l'audace artistique, la vigueur industrielle et une capacité unique à parler au monde tout en restant fidèle à ses racines.

Le tournant qui a alors lieu constitue une rupture inédite dans l'histoire du cinéma. Elle permettra l'avènement du cinéma moderne hors des chemins balisés, tant du grand cinéma expérimental (le langage visuel révolutionnaire d'Epstein, de Gance, d'Eisenstein, de Griffith, jusqu'à l'expressionnisme allemand initié par *Le Cabinet du docteur Caligari*) que du classicisme hollywoodien des studios qui s'industrialise au début des années 1930. Cette rupture, à la fois formelle et esthétique, en ce qu'elle réinterroge le rôle du cinéma en tant que médium raccordé au monde, survient dès 1943, en pleine guerre, dans une Italie fracturée par la chute de Mussolini. Visconti, quittant Rome pour Ferrare, tourne *Les Amants diaboliques*, un film dont la rudesse annonce un nouvel esprit :

Mario Serandrei, monteur du film, aurait forgé alors le terme « néoréalisme ». Ce n'est pas une école esthétique constituée, mais un désir puissant : témoigner d'une autre Italie, rompre avec vingt ans d'illusions fascistes et de comédies édulcorées en studio, enregistrer la réalité du monde en le documentant comme sur une plaque sensible sans pour autant renoncer au romanesque de sa fictionnalisation.

C'est Rossellini qui, avec *Rome, ville ouverte* (1945), donne son acte de naissance véritable au mouvement : un film proprement révolutionnaire, arraché aux ruines de la guerre, filmé dans des conditions précaires, radiographiant la bascule d'un monde en train de se défaire et d'un autre sur le point d'advenir, qui raconte la résistance et touche immédiatement un public avide de vérité. Le réalisateur définira le néoréalisme comme « une position morale de laquelle on regarde le monde[1] ».

Ce cinéma arpente les rues, filme les pauvres, les ouvriers, les prêtres, restitue au peuple italien ses visages multiples et son humanité complexe. Le cinéma fusionne alors avec la mentalité de la

---

1. Entretien avec Roberto Rossellini, par Maurice Scherer et François Truffaut, *Cahiers du Cinéma*, nº 37, juillet 1954.

nation italienne, s'enracinant dans la vie culturelle, politique et sociale d'un peuple dont il ausculte les émotions et la complexité. De Sica et son scénariste Cesare Zavattini pousseront cette logique encore plus loin : pour eux, l'émotion doit naître non du spectaculaire, mais de l'observation minutieuse du quotidien, comme l'avait déjà pressenti le cinéma de Jean Renoir. Ils prônent la nécessité de filmer la vie dans son flux brut, sans artifice.

Le néoréalisme incarne ainsi une rupture politique autant qu'artistique.

Dès le début des années 1950, pourtant, cet élan s'essouffle, au moment même où la reconstruction de la nation après la guerre laisse sa place au « miracle italien ». En 1954, De Sica signe *L'Or de Naples*, sorte de point d'inflexion : un film encore ancré dans le réel, mais où se glisse une tonalité nouvelle, faite d'ironie douce-amère, de mélancolie mêlée de sourire.

Rossellini, de son côté, amorce une mutation plus radicale : avec *Voyage en Italie*, il propose une forme de « néoréalisme de l'âme » (pour reprendre les mots d'André Bazin), moins tournée vers la peinture sociale que vers la dérive intérieure, l'interrogation métaphysique, voire théologique, innervant un existentialisme de l'intime ouvrant la voie au cinéma moderne.

Dans le même temps émerge un genre qui va dominer la production cinématographique nationale : la comédie à l'italienne. Le spécialiste du cinéma italien Jean Antoine Gili la décrit comme « la greffe du néoréalisme sur l'arbre de la comédie populaire ». Elle puise dans la tradition de la *commedia dell'arte*, mais pour explorer les mutations sociales contemporaines avec ironie, satire et amertume. Monicelli, avec *Le Pigeon* (1958), ouvre cette veine nouvelle, qui fleurira tout le long des années 1960 puis 1970, chez Pietro Germi, Luigi Comencini, Dino Risi et tant d'autres… La comédie devient un miroir déformant de l'Italie, où affleurent les travers, les hypocrisies, mais aussi la vitalité de tout un peuple. Monicelli dira que la comédie à l'italienne fut « le plus grand vecteur d'émancipation sociale » du pays : en ridiculisant le patriarcat, les archaïsmes, elle fit évoluer les mentalités, conformément à l'idéal gramscien d'un « cinéma national-populaire ».

Au début des années 1960, le cinéma italien atteint son apogée. La fréquentation des salles explose. Les films italiens raflent les prix dans les grands festivals : *La Dolce Vita* (Palme d'or 1960), *L'Avventura* (Prix du jury à Cannes la même année). Le cinéma italien conjugue alors toutes les ambitions : esthétiques, politiques, commerciales. Surtout, il réussit l'exploit de dresser durablement des passerelles entre culture haute (les grands auteurs à la renommée internationale) et culture supposée basse (celle des cinémas de quartier et d'exploitation, voire plus tard du *bis*), avec une circulation inédite des talents entre tous les genres, au service d'une versatilité et d'une prolixité formelle et narrative sans précédent, et peut-être sans postérité, dans l'histoire du cinéma. Car de grands auteurs accomplis se révèlent alors dans le cinéma de genre, dans le western spaghetti (les trois Sergio : Leone, Corbucci et Sollima), le péplum (Cottafavi et Freda), le *giallo* (Mario Bava, Dario Argento), le polar politique (Elio Petri, Francesco Rosi). Et beaucoup de réalisateurs connaissent une trajectoire totalement décloisonnée, passant du néoréalisme brut au western et au polar, comme Carlo Lizzani ou Damiano Damiani.

Les anciens grands modernisateurs (Fellini, Antonioni, Visconti), dont les filmographies définissent les contours du cinéma moderne, côtoient à partir de la fin des années 1960 une jeune garde brillante : Pasolini, Bellocchio, Ferreri, Bertolucci. Les techniciens italiens (scénaristes comme Franco Solinas, compositeurs comme Ennio Morricone) collaborent sur des projets aussi variés que *La Bataille d'Alger*, *Il était une fois dans l'Ouest* ou *Salo*.

Le cinéma italien constitue ainsi un univers poreux, foisonnant, traversé de circulations fertiles entre les genres, les styles et les générations, une manne inépuisable de filmographies dont certaines font, encore aujourd'hui, l'objet de redécouvertes (Zurlini, Lattuada…).

Mais cette extraordinaire vitalité masque des fragilités structurelles. À partir de 1975, la machine se grippe et tout s'effondre en quelques années. Le déclin du cinéma italien est aussi rapide que sa montée fut éclatante. Plusieurs facteurs se conjuguent pour précipiter cette chute.

En septembre 1974, une loi autorise la création de chaînes de télévision privées. Parmi les centaines de télévisions locales qui naissent alors, une petite chaîne émerge à Milan, la capitale économique du pays : elle s'appellera bientôt Canale 5. Propriété d'un encore anonyme Silvio Berlusconi, Canale 5, ou « La Cinque », impose un nouveau modèle de divertissement, qui va battre tous les records et écraser le marché (elle était encore, en 2023, la chaîne de télévision transalpine la plus regardée, avant même la Rai, le groupe de télévision publique). La concurrence de la télévision – puis, à la fin du

XXe siècle, de la vidéo domestique – va progressivement détourner les spectateurs des cinémas traditionnels.

Les Italiens désertent en effet les salles : en cinq ans, la fréquentation est divisée par deux. Des centaines de salles ferment chaque année à cette période. Conséquence directe : la production nationale s'écroule. Le nombre de films produits annuellement devient trois fois inférieur à ce qu'il était cinq ans auparavant. Des milliers de professionnels (techniciens, artistes) se retrouvent au chômage faute de projets suffisants pour faire vivre l'industrie. Un climat morose s'installe, marqué par un désengagement progressif de l'État et une frilosité des investisseurs. L'Italie, qui n'avait pas su bâtir un système de soutien public solide pour son cinéma (à la différence de la France), voit ses talents s'expatrier ou se reconvertir. Les studios de Cinecittà survivent en produisant des publicités ou des séries médiocres.

En quelques années, l'Italie passe d'une ferveur cinéphile à une désaffection foudroyante pour ce qui fut l'un de ses principaux vecteurs de gloire mondiale.

Dans le même temps, les grands maîtres disparaissent : De Sica, Rossellini, Visconti meurent, l'assassinat de Pasolini marque enfin un tournant, concomitamment à la sortie de *Salo*, film-limite de tout le cinéma mondial, qui dénonce jusqu'à l'insoutenable la persistance du fascisme ancien sous de nouveaux atours à l'ère de la culture de masse et du consumérisme. La relève manque : quelques grands cinéastes apparaissent encore (Moretti), mais sans prolonger l'ampleur collective de l'âge d'or.

Hollywood, profitant du vide, inonde le marché : en 1978, plus de 50 % des recettes du box-office italien sont captées par des films américains. La même année, les studios américains rapatrient plus de 40 millions de dollars depuis l'Italie, tant leurs productions y dominent la distribution. Jamais sans doute l'hégémonie hollywoodienne n'a été aussi totale dans la péninsule. Les œuvres italiennes peinent à exister à l'étranger – on observe même un net recul de leur exportation durant ces années noires. L'oubli des réalités stratégiques a joué un rôle : trop confiants dans la qualité artistique de leur cinéma, les décideurs italiens n'ont pas anticipé les mutations du marché et ont tardé à réagir à l'effondrement de leur modèle de financement. Le désengagement politique – moins de subventions, peu de protection face aux produits culturels importés –, combiné à la frilosité des grands producteurs, a comme asséché la création nationale.

La responsabilité politique est immense : l'État italien est resté d'une passivité coupable. Face à la primauté nouvelle de la télévision comme divertissement phare, le cinéma s'est également « audiovisualisé », s'effondrant tant dans la dégradation de ses formes esthétiques que dans la disparition de ses ambitions narratives et politiques. Fellini, dans *Intervista* et surtout dans *Ginger et Fred* (l'histoire d'un ancien duo de danseurs de claquettes invités dans une émission de variétés grotesque), fera la satire de cette nouvelle ère, teintée de nostalgie pour un âge d'or révolu. Le réalisateur ira devant les tribunaux pour que ses films ne soient pas interrompus par la publicité ; il perdra son procès. Sergio Leone, plus lapidaire, dira : « Ce n'est pas certain que Berlusconi ait tué le cinéma italien. C'est tout à fait certain [1]. »

Dans les années 1980, la France a connu une crise comparable, les mêmes causes produisant les mêmes effets. Après l'âge d'or de la Nouvelle Vague et des grands auteurs des années 1960-

1. Cité dans l'article de Jean-Baptiste Morain, « Comment le système de Berlusconi a tué le cinéma italien », *Les Inrockuptibles*, 12 juin 2023.

1970, le cinéma français a en effet traversé une passe difficile : concurrence de la télévision, invasion de la VHS, vieillissement des infrastructures de salles, exode de certains talents vers Hollywood… La réaction française a toutefois été aux antipodes de celle de l'Italie. Plutôt que de se désengager, l'État français a renforcé son soutien : création de nouvelles aides, incitations fiscales, lancement de la chaîne de télévision Canal+ en 1984 spécifiquement pour investir dans le cinéma et combat acharné pour la notion d'exception culturelle dans les négociations commerciales internationales. Ces efforts ont porté leurs fruits en évitant l'effondrement et en préparant le terrain pour une renaissance dès la seconde moitié des années 1980 (où l'on a vu émerger une nouvelle vague de succès publics et critiques, de *Trois Hommes et un couffin* au *Grand Bleu*, *Manon des sources* et *Jean de Florette*, et une nouvelle génération de réalisateurs comme Leos Carax, Claire Denis, puis Arnaud Desplechin et Olivier Assayas).

Quelles leçons tirer de ces expériences italienne et française des années 1980 ?

D'abord, qu'un cinéma national ne peut survivre sans une attention constante aux équilibres économiques. Le talent artistique, si essentiel soit-il, ne suffit pas à lui seul si les structures de production et de diffusion s'effritent. On ne peut se contenter de produire de grands films pour durer : il faut aussi bâtir les structures capables de les faire vivre.

Ensuite, qu'il faut considérer le cinéma comme un secteur stratégique, impliquant une volonté politique forte. L'Italie a perdu son rang lorsqu'elle a cessé d'y croire et de le soutenir, tandis que la France a maintenu sa place grâce à des choix politiques affirmés (quota de films français à la télévision, taxes sur les billets pour alimenter le financement de nouveaux films, dispositif d'obligations de financement dont sont redevables tous les diffuseurs du cinéma, des chaînes de télévision aux fournisseurs d'accès Internet et aux plateformes, etc.).

Enfin, qu'aucun acquis n'est permanent. Aujourd'hui encore, si Nanni Moretti, Paolo Sorrentino ou Alice Rohrwacher brillent, ils apparaissent comme les arbres qui cachent la forêt. Même un pays aussi créatif, aussi vivant que l'Italie peut basculer en quelques années, faute de vision politique et d'engagement industriel. Le cinéma français doit donc rester vigilant : les menaces évoluent (elles sont désormais technologiques, mondiales) et les réponses doivent s'adapter. Si un pays à la si riche tradition cinématographique a pu connaître un tel déclin, il n'y a aucune raison de penser que la France serait immunisée aujourd'hui, au vu des bouleversements en cours, dont l'ampleur dépasse celle des mutations des années 1980. Il est urgent de comprendre les nouveaux défis du cinéma mondial auxquels la France doit faire face pour ne pas connaître le sort qu'a subi le cinéma italien.

L'ÈRE DU FLUX : L'ÉCRAN SANS FIN

Jamais dans l'histoire humaine autant d'images n'ont été produites, diffusées et consommées chaque jour. Chaque minute, des milliers de vidéos nouvelles apparaissent : sur YouTube, près de 720 000 heures de contenu sont publiées quotidiennement, dominées par des créations individuelles – vloggers, influenceurs, streamers amateurs. Le phénomène est amplifié par la montée en puissance des formats ultracourts : TikTok, 100 % vidéo, est devenu l'un des premiers moteurs d'attention de la planète ; son principal rival, YouTube, revendique 200 milliards de vues quotidiennes de son format YouTube Shorts d'après les propos en juin 2025 du PDG Neal Mohan, lors des célébrations des 20 ans de la plateforme[1].

1. « YouTube Shorts are now averaging over 200 billion daily views ». Discours inaugural de Neal Mohan

Dans cet univers saturé, même les entreprises investissent massivement : 81 % d'entre elles disposent désormais d'un budget vidéo, et 93 % des marketeurs utilisent ce médium pour capter des audiences toujours plus volatiles. Pourtant, la consommation réelle reste largement tournée vers des contenus spontanés, amateurs, « authentiques » : 64 % de la génération Z utilisent TikTok comme moteur de recherche principal, privilégiant l'immédiateté et l'émotion brute aux productions professionnelles.

Nous vivons dans un océan d'images mouvantes, où chaque geste numérique – scroller, cliquer, swiper – déclenche une avalanche de récits fugaces. Le format vidéo a envahi notre quotidien : chacun peut zapper vers des vidéos de quelques secondes, sur TikTok, Snapchat ou Instagram. Ce vertige permanent n'est pas seulement une révolution des contenus ; c'est une transformation profonde, avec des implications cognitives réelles, de notre rapport même au temps, à l'attention et à la narration. La temporalité s'est accélérée, l'attention fragmentée, l'écran global (dont parlaient les sociologues

---

à Cannes Lions International Festival of Creativity, 18 juin 2025.

Lipovetsky et Serroy[1]) s'est à la fois définitivement mondialisé, hyper-individualisé et ancré dans une quotidienneté et une accessibilité de tous les instants, du fait de la triple révolution cumulée du digital, des smartphones et des réseaux sociaux.

Le cinéma, art du temps long dans sa fabrication et d'une expérience esthétique vécue collectivement, comme le promettaient ses origines foraines le destinant à être projeté en public, s'y retrouve soudain à contre-courant et doit composer avec des usages radicalement nouveaux.

Ce flux continu de contenus et la révolution de la mobilité des usages, traduisant le passage à une ère de l'image instantanée, ont ainsi bouleversé le cinéma en profondeur. Il n'y a encore pas si longtemps, on ne pouvait découvrir un film qu'exclusivement (à la très notable exception de la télévision, mais qui permettait uniquement leur rediffusion) dans la solennité d'une salle obscure, avec un projecteur faisant défiler patiemment les photogrammes. Aujourd'hui, en quelques clics, n'importe qui peut lancer sur son smartphone – voire sur sa montre

1. Gilles Lipovetsky, Jean Serroy, *L'Écran global. Culture-médias et cinéma à l'âge hypermoderne*, Paris, Seuil, 2007.

connectée ! – un film ; mais aussi, et de plus en plus, des films pensés pour une exploitation exclusive sur une plateforme numérique.

Le streaming s'est imposé en à peine une décennie comme le mode privilégié de consommation audiovisuelle. Des plateformes comme Netflix, Amazon Prime Video ou Disney+ cumulent des centaines de millions d'abonnés dans le monde. Netflix à lui seul a dépassé en 2024 la barre des 300 millions d'abonnements payants à l'échelle mondiale, un chiffre en hausse constante qui illustre l'appétit du public pour ces bibliothèques virtuelles de films et séries disponibles à la demande. En France, cette évolution s'est traduite par une explosion de la SVoD (*Subscription Video on Demand*) : on estime qu'en 2025 70 % des foyers français sont abonnés à au moins un service de streaming – 90 % chez les moins de 35 ans –, transformant en profondeur les habitudes anciennement centrées sur le cinéma en salle et la télévision linéaire.

Les conséquences sur la fréquentation des salles obscures n'ont pas tardé à se faire sentir. Avant même la crise du Covid-19, on observait une érosion progressive des entrées dans de nombreux pays occidentaux, surtout chez les jeunes générations. L'offre de divertissement à domicile est devenue pléthorique et vient directement percuter les habitudes de sorties au cinéma. Car l'arbitrage a été le suivant : pourquoi se déplacer et payer une place de cinéma quand on a à portée de main un catalogue très vaste pour un coût mensuel modique (voire nul, avec la problématique du piratage illégal), la possibilité d'enchaîner des épisodes de séries sans attendre (le mot anglais *binge-watching*, intraduisible en l'état, provenant de l'acte compulsif de manger, *binge-eating*), et des capacités technologiques permettant désormais des conditions de projection à domicile bien plus satisfaisantes que par le passé ? Cette équation, pour parcellaire et biaisée qu'elle soit, reflète bien l'arbitrage opéré par certains.

Le phénomène va au-delà des plateformes de streaming audiovisuelles : sur les réseaux sociaux, des milliards de contenus vidéo brefs accaparent l'attention quotidienne. TikTok, par exemple, est devenu un acteur majeur du paysage médiatique. En France, l'utilisateur moyen de l'application chinoise y passe environ 1 h 20 par jour, souvent à absorber des dizaines, voire des centaines de clips de quelques secondes ou minutes. Cette consommation frénétique de vidéos courtes renforce la fragmentation de l'attention : notre cerveau zappe d'un contenu à l'autre, toujours stimulé, rarement contemplatif – ce que Bruno Patino a appelé le « syndrome du poisson rouge ». Dans ce contexte, quelle place reste-t-il pour un cinéma qui demande du temps et de la concentration, pose des formes esthétiques liées à la pertinence et à la cohérence du choix d'un montage, d'un plan, d'un raccord ?

Un long-métrage exige que le spectateur s'immerge dans une histoire pendant 1 h 30, 2 heures, parfois plus, sans interruption et en acceptant un rythme nécessairement plus lent que celui des médias numériques. D'ailleurs, la durée moyenne des films a globalement augmenté depuis les années 1950, initialement en réponse à la concurrence naissante du format télévisuel. En 1950, la durée moyenne était ainsi de 1 h 36, tandis qu'en 2018 elle atteignait 2 h 06 (analyse *Télérama* Vodkaster[1]). Les 3 heures d'*Oppenheimer*, d'*Avengers : Endgame* ou d'*Avatar 2*, au demeurant parmi les plus grandes réussites commerciales de toute l'histoire du cinéma, reflètent une tendance à la démesure et à l'inflation à tous niveaux, dans des proportions épiques qui outrepassent la

1. Frédéric Foubert, « Pourquoi les films sont-ils si longs ? », *Télérama*, 15 août 2018 (en partenariat avec Vodkaster).

question de la durée. Car la réponse du cinéma à la prolifération des nouvelles pratiques de consommation courante des flux d'images passe aujourd'hui non seulement par la durée, mais aussi par la technologie (l'IMAX, le Dolby Atmos, la 3D, les effets spéciaux numériques), tout comme cela avait d'ailleurs déjà été le cas dans les années 1950 (où les premiers films en 3D sont apparus, jusqu'à Hitchcock lui-même avec *Le crime était presque parfait*).

Cette inflation technique et narrative, empruntant ses codes à la sérialité (les franchises comme *Mission Impossible* ou *Fast and Furious*), parfois portée sciemment par des super-auteurs hollywoodiens comme James Cameron et Christopher Nolan, et qui vise à remettre la salle de cinéma au centre des pratiques de découverte des films, s'inscrit ainsi délibérément à contre-courant de l'ère du smartphone.

Les chiffres de fréquentation illustrent cette tension, dont l'issue n'est pas tranchée, et où la France se distingue par son dynamisme persistant sur la scène mondiale. En France, après la pandémie, l'effet cliquet qui présageait un difficile retour dans les salles ne s'est pas vérifié et les spectateurs sont en grande partie revenus : 180 millions en 2023, 181 millions en 2024. C'est certes moins qu'avant le Covid-19, où la barre des 200 millions était dépassée (213 millions de spectateurs en 2019, 201 millions en 2018, 209 millions en 2017) ; mais cela demeure bien le signe d'un véritable rebond. La part de marché des films français s'est maintenue à 40 %, voire au-dessus, grâce à quelques gros succès nationaux, preuve que le public répond présent quand l'offre est attractive. Cependant, ces moyennes cachent une réalité plus nuancée : le public se concentre de plus en plus sur quelques films-événements, souvent des superproductions ou des franchises très médiatisées, tandis qu'une multitude de films plus modestes peinent à atteindre une visibilité correcte. L'offre de contenu n'a jamais été aussi large, mais l'attention disponible, elle, se raréfie et les fenêtres de vie des films en salle sont raccourcies. Dans un monde saturé d'images, le risque est grand que le cinéma perde son statut de loisir dominant pour devenir un plaisir de niche, réservé aux passionnés capables de se déconnecter du flux incessant. En somme, un opéra du XXIe siècle.

Parallèlement, la forme même des œuvres audiovisuelles évolue sous l'influence du numérique, et plus généralement des nouveaux langages visuels. On a ainsi pu parler d'une esthétique du clip (et ce depuis l'avènement de

MTV dans les années 1980, qui a inspiré jusqu'à Tony Scott), de la publicité (avec Ridley Scott, Alan Parker puis David Fincher, qui ont fait le pont de la pub au cinéma), puis d'une esthétique YouTube infusant en profondeur dans le langage cinématographique. Des montages de plus en plus rapides, un raccourcissement de la durée des plans, une narration fragmentée, une recherche de l'efficacité immédiate de chaque scène – autant de tendances qui reflètent l'impact des autres régimes d'images sur notre manière de raconter des histoires. Aujourd'hui, certaines plateformes briefent les réalisateurs pour inclure par les dialogues un commentaire oral des scènes, afin que des spectateurs puissent les comprendre même s'ils sont en train de s'adonner à d'autres activités pendant le visionnage : pour qu'ils puissent, donc, s'abstraire de la compréhension que doit porter par elle-même la mise en scène. Le plan-séquence, long plan ininterrompu qui demande patience et virtuosité technique, et figure de style emblématique d'un cinéma moderne capable d'éviter la fragmentation du réel et de revenir aux sources d'un art « transparent[1] », devient plus rare dans le cinéma

1. André Bazin, « L'évolution du langage cinématographique » (1950), repris dans *Qu'est-ce que le cinéma ?*,

commercial moderne, remplacé par des successions de plans très courts, comme si l'on craignait de perdre le spectateur en route. La logique algorithmique des plateformes, qui mettent en avant des contenus capables de capturer l'attention dès les premières secondes, encourage des débuts de films ultra-dynamiques et des formats calibrés. Quel avenir pour la grammaire classique du cinéma dans ce contexte, et pour son héritage moderne ? On peut se demander si des œuvres contemplatives, lentes, travaillant la durée au sein d'un plan, creusant également l'économie spatiale du plan soit dans la fixité soit dans le maniérisme d'une mobilité ostentatoire de la caméra, pourront encore trouver leur public hors des circuits spécialisés et des œuvres des grands auteurs les plus intransigeants, continuateurs du travail de Tarkovski sur le temps scellé (Béla Tarr, Pedro Costa, Lav Diaz)…

Éditions du Cerf, 1958. Bazin y célèbre Orson Welles et l'usage du plan-séquence et de la profondeur de champ, qui permettent selon lui de restituer au spectateur la complexité et l'ambiguïté du réel. Il oppose cette démarche à la fragmentation du montage classique : le cinéma devient un art « transparent » dans la mesure où il ne découpe pas arbitrairement le monde mais le laisse apparaître dans sa continuité, confiant au spectateur la liberté de choisir où porter son regard.

Malgré ces nouvelles dynamiques formelles, il serait exagéré d'annoncer un essoufflement irréversible du cinéma considéré comme exigeant, et, partant, du cinéma dans toutes ses potentialités formelles de médium visuel et sonore. D'une part, des modèles variés coexistent : le succès public très récent de certains films en salles prouve qu'il existe toujours un appétit pour l'expérience collective requérant l'attention la plus soutenue du spectateur, et la déconnexion qu'elle procure – être dans une salle, sans smartphone, plongé dans un grand écran, et dans l'attention dévouée au déploiement soit d'un récit complexe, soit d'une expérimentation formelle, soit au croisement des deux. L'expérience cinématographique offerte par Brady Corbet et son film *The Brutalist* (2024), de 3 h 35 dont un entracte de 15 minutes, et le succès public incontestable qu'il a rencontré avec ce format exigeant (plus de 400 000 entrées dans les salles françaises), prouvent bien qu'il existe encore un espace pour des œuvres s'écartant des normes commerciales, narratives et esthétiques dominantes. Corbet s'y fait d'ailleurs continuateur des œuvres de Herzog, de Coppola, mais aussi de Bergman et de Haneke : cette ambition formelle, cinéphile et ultra-référencée réussit heureusement toujours à trouver son public, parce qu'elle est construite autour de la puissance unique de l'expérience en salles.

En parallèle, et contrairement à des idées reçues qui confondent un peu vite plateformes et formes plates, les plateformes elles-mêmes investissent dans du cinéma de prestige, parfois long et exigeant. Un cinéaste comme Martin Scorsese, bien que très critique envers la standardisation des productions Marvel, a pu réaliser *The Irishman* (2019) avec le financement de Netflix, offrant un film de 3 h 30, loin des formats rapides de la plateforme – preuve qu'il reste de la place pour des œuvres ambitieuses même à l'ère du streaming.

Au-delà des enjeux économiques ou esthétiques, une inquiétude plus profonde se dessine. La « tiktokisation » des usages numériques ne concerne pas seulement des pratiques de divertissement ; elle agit directement sur les mécanismes cognitifs des nouvelles générations.

Chez les enfants et les adolescents, dont le cerveau est encore en construction, l'exposition massive à des flux incessants de contenus courts, volatils, algorithmés pour maximiser la captation de l'attention pourrait bien entraîner des effets durables : diminution de la capacité de concentration prolongée, altération de la mémoire de travail. Plus qu'un simple changement d'habitudes culturelles, c'est la structure même du regard, de l'écoute, de l'attention qui pourrait se trouver profondément modifiée. Il y a donc pour le cinéma un vrai défi de transition générationnelle : art du développement lent, de l'élaboration patiente d'émotions et de récits, il pourrait se heurter à une génération pour qui toute forme d'attente, de silence ou de lenteur devient insupportable. Le danger n'est pas seulement celui d'une érosion commerciale, mais d'une mutation anthropologique silencieuse : la généralisation d'un rapport au monde de plus en plus zappé, éclaté, incapable de se laisser porter par le souffle long d'une histoire. À l'ère du flux, la bataille du cinéma se joue aussi dans l'invisible : dans la défense du temps long contre la tyrannie de l'instant.

Jusqu'ici, tout va bien… car les films continuent de sortir et d'être vus. Le véritable défi sera effectivement l'atterrissage : comment l'écosystème cinéma s'adaptera-t-il durablement à cette ère du flux permanent et, surtout, peut-on lutter contre ce raz-de-marée de l'instantané et persister à présenter un contre-modèle ? D'autant que l'autre révolution technologique en cours, celle de l'intelligence artificielle, vient ajouter une dose de complexité au contexte actuel.

Ex machina : l'intelligence artificielle et la fin du réel ?

Après la révolution numérique et l'avènement d'Internet, une nouvelle vague technologique déferle sur le cinéma : celle de l'intelligence artificielle.

Visionnaire, Stanley Kubrick pressentait déjà cette transformation : en 1968, *2001, l'Odyssée de l'espace* mettait en scène HAL 9000, superordinateur capable de rivaliser avec l'esprit humain – et désireux, déjà, de le supplanter, voire de l'annihiler, comme le fera la super-intelligence dans le *Terminator 2* de James Cameron. Ce qui relevait alors de la science-fiction s'impose désormais dans la réalité de l'industrie audiovisuelle.

Algorithmes de recommandation, assistants à l'écriture, acteurs virtuels, génération automatique de vidéos : l'intelligence artificielle s'invite progressivement à toutes les étapes de la création cinématographique, soulevant autant d'espoirs que de craintes. S'agit-il d'une opportunité inédite pour repousser les limites de l'imaginaire et permettre une démocratisation sans précédent de la fabrication cinématographique, ou d'une menace existentielle pour l'authenticité du septième art ?

Sur le plan technique, l'intelligence artificielle déploie d'ores et déjà des outils d'une puissance inouïe.

En postproduction, des logiciels intelligents accélèrent le montage, affinent la correction colorimétrique, restaurent des images anciennes, génèrent des effets spéciaux toujours plus sophistiqués. Déjà, des visages d'acteurs disparus peuvent être ressuscités sur grand écran : *Rogue One* en 2016 avait ainsi recréé numériquement la princesse Leia, rajeunie. Le studio Magic City Films a même annoncé en 2019 qu'il ferait tourner James Dean dans un film inédit, *Finding Jack*, entièrement reconstitué par intelligence artificielle, suscitant une vive controverse parmi les acteurs vivants. Le deepfake devient une technique de plus en plus réaliste, capable de substituer un visage à un autre avec une précision troublante : en 2021, un compte TikTok « deeptomcruise » a diffusé de fausses vidéos de Tom Cruise si convaincantes que la plateforme a dû officiellement réagir.

Parallèlement, la restauration par l'intelligence artificielle des chefs-d'œuvre anciens s'accélère : des films comme *Le Voyage dans la Lune* de Méliès ont été restaurés en 4K, voire en 8K, révélant des détails invisibles jusque-là.

L'intelligence artificielle permet aussi de simuler des foules, de générer des environnements complexes, d'améliorer la qualité d'anciens films (*upscaling*), voire de créer de brèves séquences vidéo à partir de simples descriptions textuelles – des modèles expérimentaux génératifs capables de créer des vidéos de quelques minutes sur demande existent déjà. Tout cela pourrait réduire les coûts de production et plus généralement démocratiser la création et la fabrication en ouvrant la porte à des créateurs qui n'avaient jusque-là pas les moyens techniques de leurs ambitions, et qui peuvent désormais rêver plus grand, hors des carcans traditionnels de l'industrie et de l'intensité capitalistique et logistique qu'elle requiert pour permettre la fabrication d'un film. Selon une étude McKinsey, l'intelligence artificielle pourrait ainsi réduire les coûts de postproduction de films de 15 à 20 % d'ici 2026.

Cette révolution pose autant de questions vertigineuses qu'elle ouvre de possibles.

D'abord : qui contrôle la création lorsqu'une machine est impliquée ? Si un scénario est écrit par une intelligence artificielle entraînée sur des milliers de scripts existants, quid de la propriété intellectuelle ? On sait que les intelligences artificielles de génération de texte ou d'images se nourrissent d'œuvres préexistantes, souvent sans autorisation, ce qui soulève des enjeux de plagiat et de droits d'auteur. Qui détient les droits d'un script rédigé par l'intelligence artificielle d'un studio, qui elle-même s'est inspirée de centaines, voire de milliers de films ? Les scénaristes ont exprimé leur inquiétude, notamment à Hollywood lors de leur grève historique de 2023, dans le contexte de l'arrivée soudaine de ChatGPT et d'outils analogues perçus comme une menace immédiate pour l'emploi et la création humaine. L'encadrement de l'usage des intelligences artificielles dans l'écriture fut un point de revendication majeur : a été soulevée la crainte d'un remplacement partiel des auteurs par des algorithmes capables de produire des scènes formatées. Car les intelligences artificielles savent en effet imiter des genres, concocter des intrigues plausibles en un temps record, produire des scènes « efficaces » ; mais peuvent-elles véritablement innover ou émouvoir ?

La créativité pure et la sensibilité humaine semblent encore échapper à l'optimisation statistique, et même à la simple logique du « prompt », à savoir l'instruction textuelle donnée à une IA générative, qui possède d'indéniables atouts (en termes de gains de productivité et de process), mais ne peut pas être appliquée indéfiniment, ce qui, au-delà de l'écriture, est particulièrement vrai pour tout ce qui relève de la mise en scène, des choix en termes de cadre, de gestion du plan, de profondeur de champ, et a fortiori de montage – au-delà, donc, de la perfection formelle en soi d'une image ou d'un bloc d'images agrégées. Il y a un risque mortifère qu'à trop déléguer à l'intelligence artificielle on obtienne des films sans âme, compilant des recettes éprouvées et lissant toute originalité au profit d'une simple logique d'efficacité probabiliste. Certains parlent d'une possible uniformisation accrue des films par l'intelligence artificielle, où chaque décision (de scénario, de casting, de montage) serait optimisée par des données pour plaire au plus grand nombre – au détriment de la prise de risque artistique : mais tel est déjà le cas, en grande partie, de la logique algorithmique. Où l'on voit donc que ce ne sont pas tant les technologies liées à l'IA qui sont porteuses de menace, mais bien ceux qui les détiennent dans un cadre industriel.

La menace, par ailleurs, ne s'arrête pas au scénario ou à la mise en scène et au montage. La possibilité de générer des personnages numériques crédibles interroge l'avenir des métiers eux-mêmes. Pourquoi payer des acteurs, négocier leurs cachets, composer avec leurs aléas, si l'on peut convoquer leur avatar numérique à volonté ? C'était déjà l'interrogation du vertigineux *Congrès*, d'Ari Folman, où la star de cinéma jouée par Robin Wright se scannait elle-même pour que son incarnation puisse être exploitée à l'envi par un studio hollywoodien. Déjà, certains artistes – comme James Earl Jones, la voix de Dark Vador – cèdent leurs droits vocaux à des intelligences artificielles pour prolonger leur présence au-delà de leur carrière.

Les figurants sont, eux, les premiers sacrifiés : scannés sur un plateau, réutilisés à l'infini sans rappel ni rémunération supplémentaire. Le montage, la postproduction, autrefois vastes terrains de savoir-faire humains, se robotisent. Selon certaines projections, en 2025, plus de 20 % des contenus vidéo mis en ligne pourraient être produits majoritairement par des outils d'intelligence artificielle – un chiffre qui a quadruplé en deux ans. La perspective inquiète, et à juste titre : l'art cinématographique est historiquement un travail d'équipe, une aventure humaine collective. Le remplacer par un processus en partie automatisé ferait perdre une dimension essentielle à cette épopée créative et déshumaniserait la fabrique cinématographique.

Mais le bouleversement le plus profond concerne sans doute notre rapport au réel lui-même et à la vérité des images. On entre là dans un domaine plus large que celui du cinéma de fiction : celui de la société de l'information. Les deepfakes et autres trucages sophistiqués permettent de créer de fausses vidéos plus vraies que nature, faisant dire ou faire n'importe quoi à n'importe qui, sans effort. Désormais, un chef d'État peut être filmé prononçant un discours qu'il n'a jamais écrit, un acteur mis en scène dans une situation qu'il n'a jamais vécue. La vérité des images devient incertaine, poreuse. La frontière entre le vrai et le faux dans l'image, entre le réel et le virtuel, se brouille dangereusement, et ce avec des incidences d'autant plus systématiques que le cinéma, puis la télévision, et désormais les réseaux sociaux, constituent de plus en plus la trame ontologique par laquelle nous percevons le monde et interagissons ensemble en tant que communauté humaine. Nous sommes sans doute pour de bon entrés dans l'ère anticipée par Jean Baudrillard dans *Simulacres et simulation*, où l'infinie reproductibilité et véri-similarité des images par rapport au réel permise par la technologie finit par créer un nouveau régime de simulacres de nature à abolir la notion de réel. Ce cauchemar est familier à tous ceux qui ont vu la saga *Matrix* des Wachowski, ou aux adeptes du cinéma de science-fiction japonais des années 1990-2000 (du *Ghost in the Shell* de Mamoru Oshii à *Paprika* de Satoshi Kon), eux-mêmes infusés à la source des dystopies de Philip K. Dick. Mais, même sans aller jusque-là, les changements technologiques appliqués à notre société de l'information ne peuvent qu'impacter le cinéma dans son rôle de miroir du réel et d'enregistreur-révélateur du visible, tel que le suppose sa tradition originelle depuis les frères Lumière. Si le public perd confiance dans ce qu'il voit, tout en étant par ailleurs saturé d'images numériques spectaculaires, le cinéma devra dès lors redoubler d'efforts pour revendiquer une authenticité, une sincérité, et même, y compris dans la fiction, au-delà du cinéma documentaire, une vérité. On en revient à la question : qu'est-ce qui fait qu'un film a une âme ? Sans doute la vision d'un auteur, la présence charnelle d'acteurs, une intention artistique singulière qui métabolise la réalité en la faisant passer au tamis d'une sensibilité. Autant d'éléments qu'aucune machine ne peut réellement remplacer, car ils relèvent de l'expérience humaine.

Et si le public perd toute confiance dans ce qu'il voit, que restera-t-il du pacte fragile entre l'image et la vérité ? Ce paradoxe porte un nom : celui de l'hyperréalisme. Plus les images générées deviennent réalistes, plus le public risque de développer une méfiance instinctive : un phénomène analogue à la « vallée de l'étrange[1] » décrite en robotique, théorie selon laquelle les robots à forme humaine provoquent la répulsion. Peut-être qu'un tel phénomène vis-à-vis des images serait une bonne chose et permettrait de raviver la valeur perçue des œuvres incarnées – celles où de vrais corps, de vraies voix, de vraies présences donnent au film son poids et sa vibration authentique. C'est déjà ce qu'annonce, paradoxalement et sous sa forme la plus expérimentale, le virage numérique du cinéma d'un Michael Mann à l'orée des années 2000 : dans *Collatéral* et *Miami Vice*, la saisie numérique de l'environnement urbain donne ce que le critique Jean-Baptiste Thoret appelle un « ultra-réalisme halluciné », tellement réaliste et précis dans ce qu'il donne à voir qu'il en devient presque surréaliste et fantomatique à la fois, sorte de malédiction visuelle qui ne peut être conjurée que par le rapprochement

1. Une théorie du roboticien japonais Masahiro Mori, publiée pour la première fois en 1970.

sensible des corps, en l'occurrence ceux de Colin Farrell et Gong Li dans une virée suspendue à Cuba en marge de toute logique narrative.

Face à ces secousses, le cinéma n'est pas sans armes. L'histoire montre qu'il a toujours su traverser les révolutions technologiques : l'irruption du son, et donc du parlant, dans les années 1930, l'avènement de la couleur et le Technicolor des années 1940, la 3D – déjà ! – dans la décennie 1950, l'arrivée de la vidéo dans les années 1970, des effets numériques dans les années 1990, etc. Chaque fois, loin de mourir, l'art cinématographique a réinventé ses langages : l'industrie s'est adaptée, a ingéré les nouvelles donnes techniques dans le sillon de ce qu'avait su faire Méliès aux origines du cinéma, et en parallèle des chemins buissonniers ont été empruntés par de grands artistes qui ont ouvert d'autres possibilités esthétiques, narratives, poétiques, politiques. Godard réinventant le cinéma-poésie et le genre même de l'essai filmique à travers ses expérimentations en 3D (*Adieu au langage*) et ses films-collages revenant à l'archéologie même du langage cinématographique (l'image comme icône, dont la juxtaposition constitue le ruban des *Histoire(s) du cinéma* et du *Livre d'image*), Cavalier accomplissant l'utopie de la caméra-stylo[1] en filmant la quotidienneté la plus nue avec une petite caméra vidéo, jusqu'à Coppola renouant, dans *Coup de cœur* et même dans le plus récent *Megalopolis*, avec la furie visuelle des grands pionniers visionnaires du cinéma (Abel Gance en premier, et son *Napoléon*) et pensant un *live cinema* fusionnant avec le théâtre, l'art contemporain, le concert, le spectacle vivant…

Le pessimisme ne saurait donc prendre le dessus trop vite. L'arrivée de la photographie n'avait-elle pas aussi fait craindre la fin de la peinture à la fin du XIXe siècle, avant que celle-ci ne se réinvente sous d'autres formes, en s'émancipant progressivement de l'héritage pluricentenaire de la représentation et de la retranscription réaliste du visible, en allant notamment vers l'abstraction ? L'intelligence artificielle, à son tour, pourrait pousser le cinéma à se redéfinir et inciter les créateurs à explorer des territoires inédits : en racontant des histoires, en racontant l'Histoire à travers ces histoires, mais peut-être en allant chercher encore davantage ce qu'il y a de propre au cinéma dans ce médium, et qui ne

1. Alexandre Astruc : « L'auteur écrit avec sa caméra comme un écrivain écrit avec son stylo », in « Naissance d'une nouvelle avant-garde : la caméra-stylo », *L'écran français*, 30 mars 1948.

se recoupe pas avec ce que peuvent proposer la littérature, le théâtre, la photographie. Renouer avec ce que Jacques Rancière appelle « la fable cinématographique », cette utopie des premiers pionniers du cinéma pour lesquels le cinéma est un art qui s'inscrit en nette rupture par rapport à ses prédécesseurs, ce qu'il doit à la foudroyante poétique de son langage visuel, qui, jusqu'à un certain point, pourrait même se passer des ressources classiques et des limites de la fiction (théorie des pionniers des premiers temps du cinéma, comme Dziga Vertov et sa théorie du « ciné-œil », qui irriguera une autre branche plus méconnue mais non moins féconde de l'art cinématographique, celle du cinéma expérimental, où l'on retrouvera d'aussi grands noms qu'Andy Warhol, Kenneth Anger, Stan Brakhage, Michael Snow...).

L'intelligence artificielle devrait ainsi, au-delà des menaces et fantasmes qu'elle agite, être perçue comme une invitation à sortir du confort, à renouer avec des expériences esthétiques singulières, novatrices, déroutantes, à retrouver la spécificité et la singularité du cinéma qui l'autonomisent et assurent sa suprématie encore incontestable – bien que de plus en plus contestée – dans le flux des images. Chris Marker avait ainsi conçu *La Jetée*, ce chef-d'œuvre intemporel qui a tant inspiré de suites et remakes plus ou moins directs (jusqu'à Hollywood et *L'Armée des douze singes* de Terry Gilliam, avec Bruce Willis et Brad Pitt !), par la juxtaposition de photogrammes fixes et d'une voix off qui, à eux seuls, en partant de la photographie et de la voix, arrivaient à faire narration, à retrouver l'essence même du cinéma. Ce modèle, mais aussi celui d'une Marguerite Duras, d'une Chantal Akerman, y compris dans leur versant pas nécessairement le plus expérimental, montrent comment le cinéma a toujours su inventer de nouvelles formes jusqu'alors inconcevables pour se renouveler.

En définitive, deux branches d'une alternative se dessinent, et c'est la manière dont les arbitrages politiques, industriels et créatifs s'orienteront dans les années à venir qui déterminera laquelle de ces deux branches sera finalement la seule viable. Au mieux, l'intelligence artificielle sera un outil au service des créateurs, un assistant permettant de se délester de certaines tâches, les plus automatiques et les moins créatives, ou d'ouvrir de nouvelles possibilités visuelles, tandis que les créateurs conserveront les rênes de la vision d'ensemble. Au pire, si on la laisse dicter ses lois, l'intelligence artificielle pourrait engendrer une production cinématographique formatée, calibrée par les données. De l'automatisme photographique à l'automatisme algorithmique, le septième art peut prouver sa résilience.

Le cinéma peut encore conjurer la malédiction entrevue par Walter Benjamin pour la photographie dans son opuscule *L'Œuvre d'art à l'époque de sa reproductibilité technique*, où il voyait dans la capacité de reproduction des images à l'infini la cause de ce qu'il nommait leur perte d'« aura ». Les Cassandres qui prédisent (depuis presque sa naissance) la mort du cinéma ne cessent de l'assurer : le cinéma a perdu son aura, dans le flux télévisuel hier, dans le flux algorithmique aujourd'hui, dans celui de l'intelligence artificielle demain. Mais cette aura, il ne tient qu'aux créateurs, aux décideurs et aux financeurs de la restaurer, de la pérenniser. Le défi, en la matière, est immense. Il ne sera pas seulement artistique, mais aussi éthique et politique : il s'agit de poser des limites, de définir des cadres, de défendre une idée exigeante de ce que doit rester le cinéma dans un monde automatisé. Car cette révolution technologique s'inscrit dans un contexte plus large encore : celui d'une concentration sans précédent des pouvoirs dans l'industrie culturelle. Un autre combat s'annonce.

MAIN BASSE SUR HOLLYWOOD : QUI POSSÈDE VRAIMENT LE CINÉMA ?

En parallèle des mutations technologiques, le paysage industriel du cinéma mondial a connu ces dernières années un bouleversement majeur : une vague de fusions-acquisitions en réaction à l'irruption de nouveaux acteurs surpuissants, qui posent la question de la concentration du pouvoir culturel. Derrière l'écran se joue un jeu d'influence économique : Netflix, Disney, Apple, Amazon et quelques autres géants se disputent le contrôle de l'imaginaire global.

Qui possède les grands studios ? Qui finance les films que nous voyons ? Qui décide des récits mis en avant ? Ces interrogations ne sont pas nouvelles. Elles traversent un siècle d'histoire d'Hollywood, depuis les pionniers, comme le fondateur de la Paramount Adolph Zukor, ou encore celui d'Universal

Carl Laemmle, lesquels ont façonné le concept même d'une industrie de l'image, fondée moins sur la technique que sur les contenus, à savoir le pouvoir des récits. Ils sont au cœur des préoccupations de ceux qu'on a nommés les *moguls*, c'est-à-dire les barons du *studio system*, comme Louis B. Mayer (MGM) ou les frères Warner, dont l'ambition était aussi économique que culturelle. De la *dream factory* à l'empire numérique d'aujourd'hui, l'histoire du cinéma est aussi celle de la captation des récits, et donc du pouvoir symbolique, par une poignée de grands capitalistes visionnaires. Si le XXe siècle a été celui du cinéma, c'est aussi parce que le modèle de fabrication tayloro-fordiste des studios de l'ère classique hollywoodienne (du début des années 1930 à la fin des années 1960, jusqu'à l'avènement du Nouvel Hollywood) a permis cette hégémonie mondiale des récits, des stars à leur service (ou des récits au service des stars) et d'une mythologie qui a colonisé durablement les imaginaires, jusqu'à faire du western, de la comédie musicale et du film noir des synonymes de l'art cinématographique pendant près d'un siècle. Zanuck, Selznick, Warner, Fox, d'un côté, Gary Cooper, Cary Grant, James Stewart, Jean Arthur, Jane Russell, Marilyn Monroe, de l'autre et, au milieu, Hitchcock, Lang, Ford, Preminger, Walsh et tant d'autres : tel fut le miracle hollywoodien de l'âge classique, porté par le couple producteur-star, jusqu'à ce que la Nouvelle Vague le remplace un temps par le binôme réalisateur-scénariste.

La reconfiguration en cours depuis le début des années 2000 dans les processus industriels et les circuits de décision emporte donc nécessairement des incidences profondes sur ce que peut le médium cinématographique, sur la place dévolue aux auteurs et aux stars, et quant aux types même de récits mis en avant.

Aujourd'hui, la Walt Disney Company est probablement l'incarnation la plus emblématique de cette nouvelle ère en termes d'infrastructure industrielle du cinéma américain mondialisé : une concentration économique accrue et en parallèle une ultra-oligopolisation. Longtemps associé simplement à l'animation pour enfants, Disney est devenu en vingt ans un empire tentaculaire englobant une grande partie de l'industrie du divertissement. Par une série de rachats spectaculaires, Disney s'est emparé de Pixar en 2006 (animation numérique), de Marvel en 2009 (franchises de super-héros), de Lucasfilm en 2012 (la saga *Star Wars*) et de la 21st Century Fox en 2019.

L'entreprise a ainsi raflé les franchises les plus puissantes de la pop culture contemporaine. Le rachat de la Fox lui a notamment apporté des actifs stratégiques, à savoir des studios historiques, des franchises supplémentaires comme *Avatar* ou *X-Men*, et une immense bibliothèque de « contenus » prêts à garnir sa plateforme propriétaire Disney+.

Résultat : Disney a établi en un peu plus d'une décennie une domination quasi hégémonique sur le box-office mondial. En 2019, année record, Disney a ainsi engrangé plus de 13 milliards de dollars de recettes mondiales et a produit pas moins de sept des dix plus gros succès planétaires de l'année – dont *Avengers : Endgame*, *Le Roi Lion*, *La Reine des neiges 2*. Sur le marché nord-américain, ses films représentaient environ 40 % de part de marché cette année-là – du jamais-vu depuis l'âge d'or des studios. Entre 2009 et 2019, le chiffre d'affaires annuel de Disney est passé de 36 milliards à près de 70 milliards de dollars, démontrant l'efficacité de sa stratégie d'intégration verticale. Une telle concentration pose évidemment question : lorsqu'un seul conglomérat détient un tel pourcentage de l'offre (et qu'en plus il possède sa propre plateforme de streaming, Disney+, pour diffuser ses contenus), quelle diversité de récits peut subsister ?

Disney n'est pas isolé dans cette course. Les autres studios traditionnels ont cherché également à s'agrandir : Universal a fusionné avec NBC et Comcast ; AT&T a racheté Time Warner (studio Warner Bros., HBO...) avant de finalement s'en séparer en partie (fusion de WarnerMedia avec Discovery en 2022). Sony conserve Sony Pictures, Paramount a été réunifié avec CBS sous l'égide de ViacomCBS. Le paysage hollywoodien se restructure en quelques mégagroupes, resserrant drastiquement la concurrence. Tous les acteurs cherchent à atteindre une taille critique suffisante pour rivaliser dans une industrie de plus en plus oligopolistique, laissant une portion de plus en plus réduite à une production indépendante peinant à subsister autrement que dans les marges, rarement reconnues, excepté dans le cas du cinéma de Sean Baker ou des frères Safdie.

L'autre phénomène marquant du point de vue de la configuration industrielle est l'entrée en scène des géants de la Tech. Amazon, après s'être lancé dans la production via Amazon Studios, a frappé fort en rachetant en 2022 le mythique studio MGM (Metro-Goldwyn-

Mayer), pour 8,45 milliards de dollars. L'entreprise s'est ainsi approprié un patrimoine mythique (James Bond, Rocky, la Panthère rose…). Apple, de son côté, sans (encore ?) racheter de studio historique, investit massivement dans la production via Apple TV+ et attire de grands noms : elle finance des œuvres de Martin Scorsese – un quart de milliard de dollars pour *Killers of the Flower Moon* en 2023 – ou de Ridley Scott – même ordre de grandeur pour son *Napoléon*. Netflix, *pure player* du *streaming*, est devenu en une décennie un des plus gros producteurs de films au monde, finançant des œuvres à gros budget et à signatures prestigieuses. Scorsese confesse que son projet *The Irishman* (2019) n'aurait jamais pu voir le jour sans les 160 millions de dollars de Netflix. En 2022, Netflix est devenu pour la première fois le studio ayant obtenu le plus de nominations aux Oscars, devant tous les acteurs traditionnels.

À cette dynamique industrielle s'ajoute un phénomène récent particulièrement révélateur : la montée en puissance des franchises fondées sur des marques, comme celles de jouets. Le film *Barbie* (2023), issu de l'univers Mattel, a marqué un tournant. Il ne s'agit plus seulement d'adapter des récits existants, mais de transformer des marques en récits. Mattel a lancé un véritable « Mattel Cinematic Universe », avec une douzaine de projets en développement. Le cinéma devient alors le prolongement d'une stratégie marketing globale.

Dans ce contexte, les studios hollywoodiens cherchent à capter davantage de légitimité artistique en enrôlant des cinéastes issus du cinéma d'auteur. Greta Gerwig, après *Lady Bird* et *Les Filles du Docteur March*, a été propulsée à la tête de *Barbie* – un blockbuster de 145 millions de dollars, produit par Warner Bros. Barry Jenkins, réalisateur du très indépendant *Moonlight* (Oscar du meilleur film en 2017), a été recruté par Disney pour *Mufasa : Le Roi Lion*, superproduction entièrement faite en images de synthèse. Ce phénomène n'est pas anodin : il s'agit d'habiller les franchises de respectabilité esthétique. Mais le risque est que la singularité de ces auteurs se dilue dans la machine promotionnelle et l'uniformisation du très grand spectacle.

La question de savoir qui possède vraiment le cinéma devient dès lors de plus en plus complexe. La concentration industrielle, exacerbée par l'arrivée des GAFAM, peut conduire à une uniformisation des récits, et ce d'autant plus que les budgets alloués à la production et à la promotion des blockbusters (on parle aujourd'hui de *tentpoles*, soulignant d'autant la dépendance de l'industrie au succès commercial d'une poignée de plus en plus réduite de films unitairement de plus en plus chers) sont désormais tellement élevés qu'ils excluent toute prise de risque artistique en amont sur le choix des sujets. Le modèle des franchises à succès déployées sur de multiples films et séries et conçues pour maximiser les recettes sur le long terme tend ainsi à s'imposer depuis le début des années 2000. L'univers Marvel en est emblématique : une série de films interconnectés, construits selon une formule éprouvée. Beaucoup reprochent à cet univers son manque d'audace créative, son uniformité esthétique, son refus de tout rapport au réel et son obsession pour le pur divertissement à destination des adolescents. Comme l'a souligné – encore lui – Martin Scorsese, les films Marvel relèvent plus du « parc d'attractions » que du cinéma – ils reproduisent des recettes, avec des réalisateurs interchangeables, pour offrir un produit calibré visant le milliard de dollars de recettes. Scorsese et d'autres grands réalisateurs ont alerté sur le danger de voir ce modèle industriel évincer les films plus personnels ou novateurs. Lorsque les écrans sont monopolisés par les super-héros et les sagas grand public, la place pour des œuvres différentes se réduit d'autant. Plus de 80 % des entrées en salles aux États-Unis en 2023 ont été réalisées par seulement 20 films, presque tous issus de franchises ou de grandes licences.

La dialectique ancienne entre art et industrie resurgit avec force. Déjà, dans les années 1930-1950, le système des studios hollywoodiens cherchait à concilier l'expression artistique et la production de masse. Des chefs-d'œuvre sont nés sous ce système, mais il imposait des cadres stricts (genres codifiés, censure du code Hays[1]) et une souplesse toute particulière des auteurs qui étaient perçus comme de simples exécutants et ne faisaient œuvre qu'en contrebande,

1. Le code Hays (ou *Motion Picture Production Code*) était un ensemble de règles morales imposées à l'industrie cinématographique américaine de 1934 à 1968, sous l'égide de la Motion Picture Producers and Distributors of America (MPPDA). Il interdisait ou limitait la représentation de la sexualité, de la violence, du blasphème, ainsi que toute critique explicite des institutions (justice, armée, religion). Conçu comme un instrument d'autocensure des studios pour éviter des lois fédérales plus contraignantes, il a profondément marqué la production hollywoodienne jusqu'à son remplacement par le système de classification par âge (le *rating system*) en 1968.

par leurs choix de mise en scène, montrant combien cette conciliation était fragile. Puis le Nouvel Hollywood a, durant la décennie 1970, permis une autonomisation accrue des auteurs-réalisateurs par rapport aux studios (Coppola, De Palma, Scorsese, Friedkin...), avant que l'échec fracassant de *La Porte du Paradis* de Michael Cimino, qui a coulé la United Artists, ne sonne le glas de cette ère et inaugure celle des blockbusters, d'abord ceux de Spielberg et de Lucas, puis ceux du cinéma d'action des années 1980, prenant une dimension hégémonique durant la période reaganienne (mais n'excluant pas pour autant des subversions formelles en leur sein, comme le cinéma de John McTiernan, ou des itinéraires buissonniers, voire anarchistes, au sein des studios, comme celui de John Carpenter, héritier en cela des Hawks et Hitchcock des années 1950 et 1960). Aujourd'hui, et après une nouvelle génération de super-auteurs dans les années 1990 (Tarantino, mais aussi Soderbergh, plus marginalement), le pendule est reparti dans la direction inverse, vers un contrôle accru des studios et des plateformes sur la création : les majors préfèrent investir 200 millions dans un énième épisode d'une franchise testée plutôt que 20 millions dans un film original incertain et donc estimé risqué. À la notable exception du cinéma d'horreur, à faible budget mais au succès parfois planétaire, et qui demeure l'un des derniers bastions de subversion thématique et formelle du cinéma américain, ce qu'a bien compris le nouveau studio indépendant A24, qui a fait émerger une nouvelle génération d'auteurs sur des sujets originaux (Ari Aster, par exemple).

Le risque n'est pas seulement artistique : il est politique et culturel. Il réside dans les dangers de la standardisation mondiale du point de vue. Car, lorsque Disney ou Netflix conquièrent la planète en exportant leurs productions dans le monde entier, ce sont largement des histoires formatées selon une sensibilité américano-centrée qui dominent. Certes, des obligations dites de « diversité » existent : Netflix finance des séries locales (*Lupin* en France, *La Casa de Papel* en Espagne). Mais le schéma narratif global reste celui d'un divertissement globalisé, accessible et consensuel, calibré pour plaire au plus grand nombre possible de spectateurs, partout à la fois.

Le secteur de l'exploitation, à savoir le réseau des salles de cinéma, n'est pas à l'écart d'un tel mouvement de concentration mondiale. En 2022, 60 % des salles européennes étaient déjà intégrées à des groupes multinationaux ou à des fonds d'investissement, contre 40 % dix ans auparavant. La France n'est pas à l'abri d'une future irruption d'investisseurs extra-nationaux dans ce tissu de salles. Et, les salles étant la clé de voûte de la diffusion des œuvres cinématographiques, la capacité des films français à accéder au public pourrait être en danger. La souveraineté économique dans tous les maillons du secteur cinématographique est vitale pour garantir l'indépendance de notre création.

Face au rouleau compresseur américain, la France, et plus largement l'Europe, ont-elles les moyens de défendre une vision singulière du cinéma, et ainsi une forme de souveraineté culturelle ? L'Union européenne a imposé aux plateformes de streaming un quota de 30 % de contenus européens. C'est une règle puissante pour éviter l'hégémonie totale des productions américaines sur nos écrans. En France, le CNC négocie des obligations d'investissement avec Netflix, Amazon et Disney+, l'objectif étant de garantir des financements fléchés pour la création française.

Ces régulations commencent à porter leurs fruits. Netflix investit désormais des dizaines de millions d'euros par an en production française. Des succès comme *Lupin*, ou, pour sortir de l'Europe et prendre l'exemple le plus radical, la série sud-coréenne *Squid Game*, plus gros succès de la plateforme, prouvent qu'il existe un public à échelle mondiale pour des récits non anglo-saxons. Gare, cependant, au risque de dépendance financière : si nos créateurs deviennent trop tributaires de ces nouveaux acteurs, ils pourraient être contraints d'adapter leurs récits aux attentes de diffuseurs mondiaux.

La France dispose encore en la matière d'atouts considérables. Un vivier de talents, des écoles de cinéma reconnues, des festivals de premier plan et un public domestique attaché à son cinéma : de manière relativement constante, 40 % des entrées France chaque année sont pour des films français, ce qui est exceptionnel dans le monde. Le défi est que ces atouts ne deviennent pas les derniers reliquats d'une citadelle assiégée, figée sur ses acquis pendant que le monde change. La bataille du cinéma est aussi celle du renouvellement permanent : il ne suffit pas d'avoir un héritage, il faut savoir le faire vivre et évoluer.

Deuxième partie

CE QUE LE CINÉMA DIT (ET IMPOSE) AU MONDE

Fenêtre sur le monde : qui raconte les récits ?

Le cinéma a toujours été une fabrique d'imaginaires. Depuis cent trente ans, il façonne des visions du monde, installe des mythes, impose des figures, reflète ou oriente l'air du temps. Il ne se contente pas de raconter des histoires : il grave des archétypes dans les esprits, imprime des émotions collectives. À l'échelle d'un pays ou de la planète, un film peut devenir un repère affectif, un miroir, un modèle.

On dit souvent que la salle de cinéma est une « fenêtre sur le monde ». Encore faut-il savoir de quel point de vue cette fenêtre s'ouvre. Car celui qui tient la caméra – ou qui finance celui qui la tient – oriente le regard, choisit les angles morts, délimite les marges. Or, pendant longtemps, et encore aujourd'hui, c'est Hollywood qui a tenu le rôle principal dans ce récit global.

L'empreinte du cinéma américain sur la psyché mondiale est profonde. Les mythes du rêve américain, l'épopée du héros solitaire, la rédemption individuelle, ou encore la glorification d'une violence juste sont des motifs devenus familiers bien au-delà des États-Unis. Au point que des générations entières, sur tous les continents, ont appris à imaginer l'Amérique par les films, mais aussi à imaginer le monde à travers les yeux de l'Amérique.

Pendant la guerre froide, le cinéma américain a également été un outil de propagande particulièrement efficace. De nombreux blockbusters ont mis en scène des ennemis venus de l'Est, incarnant une menace soviétique stéréotypée : agents du KGB, scientifiques fous, espions rusés. Des films comme *Rocky IV* (1985), où le boxeur américain affronte un colosse soviétique, ou *Top Gun* (1986), célébration du patriotisme militaire américain, ont consolidé une image de la Russie comme adversaire naturel, instillant une lecture géopolitique manichéenne au cœur même du divertissement populaire.

Rien n'a peut-être autant façonné l'imaginaire collectif américain que le cinéma de Frank Capra dans les années 1930 et 1940. À travers des œuvres comme *Mr. Smith au Sénat*

(1939) ou *La vie est belle* (1946), Capra a mis en scène un idéal de l'homme américain : honnête, travailleur, animé par un sens aigu de la justice et du bien commun. Ces films ont exalté une foi inébranlable dans les institutions démocratiques, la solidarité de proximité et le pouvoir du citoyen ordinaire face aux puissants. Ils ont cristallisé une vision morale et optimiste de l'Amérique, qui continue de hanter les récits contemporains – comme un mythe fondateur, toujours rejoué.

Mais cette lecture d'un Capra chantre de l'optimisme mérite d'être nuancée. Comme l'a montré Jean-Baptiste Thoret[1], ce cinéma, souvent qualifié de « capracorn » pour sa supposée mièvrerie, relève moins d'un idéalisme naïf que d'une utopie critique. Capra ne décrit pas une réalité existante, il propose une hypothèse morale : ce que l'Amérique pourrait être si elle restait fidèle à ses idéaux fondateurs. Ses films sont des fables humanistes, produites dans le contexte de la Grande Dépression, qui s'adressent à la conscience politique du spectateur et posent un contre-récit exigeant. Immigré devenu figure d'Hollywood, Capra fut

1. Jean-Baptiste Thoret, « Frank Capra. Au nom du peuple américain », *Cahiers du cinéma*, 1999.

l'un des premiers à imposer une vision personnelle au sein du *studio system*.

En tout état de cause, à cette mythologie politique s'ajoute une mythologie domestique, tout aussi influente. Le cinéma américain des années 1980-1990 a projeté une vision idéalisée de la famille blanche de classe moyenne vivant en banlieue résidentielle, derrière ses célèbres *white picket fences*. Des films familiaux comme *Maman, j'ai raté l'avion* (1990), *Beethoven* (1992) ou encore *Mrs. Doubtfire* (1993) ont diffusé à l'échelle mondiale cet imaginaire pavillonnaire et consumériste. Dans ces univers standardisés, la maison devient le théâtre de récits rassurants où triomphent les valeurs d'unité, d'humour, de cohésion. La société de consommation y est omniprésente : Coca-Cola, Pepsi, McDonald's apparaissent à l'image comme des éléments constitutifs du décor quotidien, au point d'imprégner la perception des enfants eux-mêmes. Steven Spielberg, dans ses films les plus populaires, a souvent intégré ces signes dans une mise en scène d'un quotidien américanisé devenu modèle universel – *E.T.* (1982) en est un parfait exemple. Le capitalisme s'invite dans la magie – discret mais omniprésent. En tout cas jusqu'à ce que de grands auteurs en révèlent l'envers cauchemardesque : Nicholas Ray, précurseur, dans *Derrière le miroir*, et évidemment David Lynch, qui, de *Blue Velvet* à *Twin Peaks*, n'aura de cesse de montrer la monstruosité et la violence tapies derrière les maisons pavillonnaires et l'industrie du rêve.

Ce pouvoir de cadrage est redoutable. Il peut faire passer des partis pris pour des évidences, des simplifications pour des vérités. Les représentations véhiculées par le cinéma peuvent uniformiser les points de vue. Si un seul pays, ou un seul groupe culturel, domine la production d'images, il impose en creux sa vision du monde, cette homogénéité devenant une forme de domination insidieuse – culturelle d'abord, puis cognitive – par le divertissement, par l'émotion, par la fiction.

Prenons l'exemple de la Seconde Guerre mondiale. Combien de spectateurs à travers la planète en ont une image façonnée presque exclusivement par des fictions américaines, comme *Le Jour le plus long* ou *Il faut sauver le Soldat Ryan* ? Dans ces œuvres, le conflit est narré du point de vue des États-Unis, glorifiant le rôle des GI, reléguant à la marge parfois d'autres contributions majeures (soviétiques, résistances locales). Si les cinématographies européennes ne proposent pas leurs propres récits, la mémoire collective mondiale en vient à se réduire à une vision partielle – donc partiale.

Or la vision hollywoodienne, malgré sa richesse et sa diversité interne, reste marquée par l'histoire et la société américaines. Elle valorise l'individu face à la société, met en scène des affrontements manichéens entre le Bien et le Mal et idéalise une certaine violence « juste ». Ce ne sont pas des valeurs universelles, ce sont des choix narratifs spécifiques.

Certains films ont marqué l'imaginaire collectif mondial par leur puissance formelle et narrative. *Citizen Kane* (1941), d'Orson Welles, a révolutionné la structure du récit, influençant des générations de cinéastes. *Star Wars* (1977), de George Lucas, a non seulement redéfini le genre de la science-fiction, mais aussi inauguré l'ère des franchises transmédiatiques.

Aujourd'hui, ce sont surtout les grandes plateformes mondiales – Netflix en tête – qui dominent les flux. Elles agissent comme des spectacles visuels destinés à captiver des publics planétaires, mais souvent déconnectés du réel ou de toute singularité culturelle. Le risque est que le cinéma mondial devienne une succession de feux d'artifice interchangeables, où l'ancrage local et la complexité narrative sont sacrifiés sur l'autel de l'accessibilité globale.

La France, avec son principe d'exception culturelle, a défendu un modèle permettant à ses récits de subsister. Encore faut-il qu'ils soient vus au-delà des frontières. En 2022, les films français ont attiré 31 millions de spectateurs à l'étranger – plus de 2 % des entrées mondiales en salles. Ce chiffre, modeste en apparence, témoigne d'un rayonnement bien réel. Des œuvres comme *Les Misérables* de Ladj Ly, *Portrait de la jeune fille en feu* de Céline Sciamma, ou les films d'animation du studio Illumination Studios Paris, anciennement Mac Guff (créé par le Français Jacques Bled), montrent qu'un imaginaire non formaté peut encore s'imposer.

L'exception sud-coréenne illustre également cette possibilité. Le triomphe de *Parasite* (2019), de Bong Joon-ho – Palme d'or à Cannes et Oscar du meilleur film –, a montré qu'un récit profondément enraciné dans une réalité locale pouvait conquérir le monde sans compromis esthétique ni narratif. Porté par une satire sociale acerbe, un art du suspense éprouvé et un refus du formatage formel, infusé d'une virtuosité hitchcockienne et travaillé par un modèle de thriller à la fois intime et social hérité du cinéma de Claude Chabrol, influence revendiquée, *Parasite* a imposé une grammaire singulière à l'échelle mondiale, à rebours des canons dominants, tout en inaugurant une ère nouvelle pour le cinéma de genre pris dans son acception la plus large. Ce succès rappelle que mondialisation ne rime pas nécessairement avec standardisation, pour peu qu'une œuvre reste fidèle à sa culture d'origine tout en résonnant avec des enjeux universels.

Pourquoi ces enjeux de représentation comptent-ils tant ? Parce que les images forgent les mentalités. Si certains groupes sont systématiquement caricaturés ou invisibilisés – groupes ethniques réduits à des rôles marginaux (comme le montre le documentaire *I Am Not Your Negro* de Raoul Peck sur la représentation des Afro-américains dans les films hollywoodiens), femmes cantonnées aux seconds rôles ou ne passant pas le test de Bechdel[1] –, cela

1. Le test de Bechdel (ou Bechdel-Wallace test) est un indicateur proposé en 1985 par l'autrice de bande dessinée Alison Bechdel. Il évalue la représentation des femmes dans une œuvre de fiction selon trois critères simples : qu'elle comporte au moins deux personnages féminins, que ceux-ci aient une conversation ensemble, et que cette conversation porte sur autre chose qu'un homme. Ce test est un outil critique largement mobilisé dans les études de genre et l'analyse des représentations au cinéma.

conforte des stéréotypes et façonne les imaginaires sociaux. Le cinéma a un pouvoir performatif : il ne reflète pas seulement le monde, il le fabrique.

Diversifier les voix, c'est diversifier les imaginaires. Les festivals internationaux (Cannes, Venise, Berlin) permettent de révéler des cinématographies singulières. On l'a dit, la diversité doit aussi exister dans la distribution commerciale. La France, avec son réseau art et essai, offre encore l'accès à des films iraniens, coréens, sénégalais ou brésiliens. Ce lien avec d'autres visions du monde est précieux. En retour, le cinéma français doit continuer à traiter de l'universel sans renoncer à son ancrage. *Les Quatre Cents Coups* de Truffaut touche à l'enfance et à la liberté. *Intouchables* (2011) a conquis le monde en parlant d'amitié et de résilience. À l'inverse, certaines œuvres tournées vers des références et un casting extra-occidentaux irriguent désormais les productions hollywoodiennes, comme en témoigne *Everything Everywhere All At Once* (2022), qui hybride les codes du cinéma indépendant américain avec ceux des comédies d'action hongkongaises et du manga japonais, tout en imposant une esthétique et une narration profondément singulières.

En somme, la bataille du cinéma est aussi une bataille des récits. Pour que la fenêtre sur le monde reste ouverte à toutes les lumières, il faut garantir la pluralité des regards. Cela suppose des coproductions équilibrées, des quotas adaptés, un soutien fort aux jeunes auteurs des pays émergents. La France, en tant que vieille nation de cinéma, peut encore jouer un rôle de vigie dans cette géopolitique des récits et promouvoir cette diversité dans les forums mondiaux. Mais, pour cela, elle doit faire plus que résister : elle doit inventer. Et le cinéma est sommé de se réinventer par des forces sociétales puissantes. Le séisme #MeToo et la vague d'exigences éthiques qui l'ont accompagné en sont une illustration.

#MeToo, VHSS[1] : LE VENT S'EST LEVÉ

Le cinéma n'est pas imperméable aux grands courants sociétaux. Au contraire, il en est souvent le reflet direct. Ces dernières années, une onde de choc a traversé l'industrie cinématographique mondiale : le mouvement #MeToo, déclenché en 2017 par les révélations de harcèlement et d'agressions sexuelles commises par le producteur américain Harvey Weinstein. Ce séisme a eu un impact profond sur Hollywood d'abord, puis sur les autres cinématographies, y compris en France. Dans son sillage, les questions de violences et de harcèlement sexuels et sexistes (VHSS) ont été mises sur le devant de la scène, entraînant une introspection salutaire du milieu du cinéma. « Le vent s'est levé », pour reprendre l'expression empruntée à

1. Violences et harcèlement sexistes et sexuels.

Paul Valéry (et à Miyazaki et à Ken Loach) : un vent de changement, de prise de conscience, qui a commencé à balayer les vieux abus de pouvoir et le sexisme systémique de l'industrie.

Ce bouleversement a d'abord provoqué un changement profond des pratiques. La parole des femmes s'est libérée, au fil des années, dans un milieu longtemps marqué par l'omerta. De nombreuses actrices, réalisatrices, techniciennes ont témoigné des discriminations, du harcèlement ordinaire, des violences et de la sous-représentation dont elles faisaient l'objet. Les réactions institutionnelles n'ont pas tardé. Aux États-Unis, des producteurs et acteurs accusés ont été écartés, voire condamnés (Weinstein pénalement, Kevin Spacey mis au ban). En France, le mouvement a eu un écho avec les débats autour de Roman Polanski ou encore les prises de position médiatiques de plusieurs actrices – Adèle Haenel, Anouk Grinberg, Judith Godrèche. C'est tout un système qui a commencé à se réformer : chartes de bonne conduite sur les tournages, coordinateurs d'intimité pour encadrer les scènes de sexe ou de nudité, ateliers de sensibilisation. Le CNC a conditionné certaines aides à des formations obligatoires sur les VHSS. Et une étape fondatrice a marqué les esprits dès 2018 : lors du Festival de Cannes, dans le cadre d'une initiative du collectif 50/50 qui milite pour la parité et l'égalité dans l'audiovisuel, 82 femmes ont monté les marches pour symboliser le nombre de réalisatrices sélectionnées en compétition officielle depuis la création du festival, à comparer aux 1 688 hommes sélectionnés sur la même période. Plus récemment, une commission d'enquête de l'Assemblée nationale, présidée par Sandrine Rousseau, a publié au printemps 2025 un rapport documentant l'ampleur du phénomène dans le cinéma et le spectacle vivant, et appelant à des réformes structurelles.

Ce processus est loin d'être achevé, mais, incontestablement, un tabou est tombé, et il y a un avant et un après-automne 2017. On parle d'une « ère #MeToo ».

Ces évolutions dans les pratiques se sont accompagnées d'un basculement dans les récits. Des films ont émergé qui abordent frontalement ces thématiques : *She Said* (2022), qui retrace l'enquête journalistique contre Weinstein ; *Promising Young Woman* (2020), qui détourne les codes du thriller pour dénoncer l'impunité du viol ; ou *Anatomie d'une chute* (Palme d'or 2023), qui interroge les rapports de couple à travers le prisme judiciaire.

La transformation des récits passe également par l'évolution des personnages féminins : de plus en plus de rôles de femmes puissants, complexes, non stéréotypés, et une moindre complaisance envers le *male gaze* (regard masculin objectivant) dans la mise en scène. Sont remis en question les tropes éculés de la demoiselle en détresse ou de la séductrice systématique. Les héroïnes de films d'action, par exemple, ne sont plus une rareté, avec comme précurseure la Ripley d'*Alien* et ses suiveuses chez Kathryn Bigelow et James Cameron. La chercheuse et critique Iris Brey, dans son essai *Le Regard féminin. Une révolution à l'écran* (2020), a largement contribué à la théorisation de cette bascule, en définissant les critères d'un *female gaze* capable d'offrir d'autres perspectives narratives et visuelles.

Ce mouvement s'est élargi à une demande plus vaste de diversité et d'inclusion. Devant comme derrière la caméra, les industries du cinéma ont été sommées de refléter une société plus diverse. L'Académie des Oscars a révisé ses critères : à partir de 2024, un film devra remplir au moins deux standards de représentativité pour être éligible à la catégorie « meilleur film ». En France, le collectif 50/50 milite pour une parité réelle. En 2023, sept réalisatrices ont été sélectionnées en compétition à Cannes – un record.

Faut-il pour autant parler de révolution ? Les chiffres montrent une progression encourageante (plus de 25 % de films réalisés par des femmes en France aujourd'hui, contre 10 % au début des années 2000), et certains succès publics – comme *Barbie* (2023), de Greta Gerwig – prouvent qu'un récit féministe peut triompher sans renier les codes du blockbuster. Mais ces progrès sont parfois perçus comme une forme de marketing vertueux plus que comme une bascule réelle.

Et cette dynamique de progrès s'est heurtée, notamment aux États-Unis, à une réaction conservatrice d'ampleur. Sous l'ère Trump, une polarisation accrue des débats culturels a fragilisé les initiatives en faveur de la diversité. Plusieurs dirigeants de studios ont rapporté des pressions internes, et des acteurs politiques ou économiques ont accusé les industries culturelles d'être « woke » ou déconnectées de l'« Amérique profonde ». Disney, notamment, a fait machine arrière sur certaines politiques internes de diversité, retirant discrètement des messages inclusifs de ses communications ou réévaluant ses critères de recrutement après avoir été ciblée par les milieux conservateurs.

Cette polarisation se traduit aussi par des poches de résistance au sein même des institutions culturelles. En décembre 2024, la Cinémathèque française a suscité une vive polémique en programmant, sans médiation préalable, une projection du *Dernier Tango à Paris* dans le cadre d'une rétrospective Marlon Brando. Ce film, célèbre pour une scène de viol simulé tournée sans le consentement explicite de Maria Schneider, a été vivement critiqué par de nombreuses associations féministes. L'absence de contextualisation a conduit à l'annulation de la projection. Costa-Gavras, président de la Cinémathèque, a reconnu « une faute » et l'affaire a relancé le débat sur la responsabilité des institutions dans la diffusion des œuvres problématiques.

Ce débat recoupe une critique plus vaste : celle d'un cinéma devenu trop sage, trop prévisible, voire moralisateur. La peur de mal faire, de choquer, de s'exposer, inciterait à une forme d'autocensure. Des personnages féminins « négatifs » peuvent-ils encore être créés sans provoquer de levée de boucliers ? Des films amoraux peuvent-ils encore trouver leur place ? Le soupçon de « politiquement correct » plane. Il existe un risque que l'impératif éthique, s'il devient dogmatique, bride l'élan artistique. Ce débat n'est pas neuf : au siècle dernier, le code Hays imposait une morale et un happy end obligatoires à tous les récits. Il rappelle que la question de la norme – morale, esthétique, idéologique – est une constante de l'histoire du cinéma.

C'est pourquoi il est utile de replacer #MeToo dans une chronologie plus longue des ruptures culturelles. Et, plus généralement, de faire œuvre critique et archéologique en redécouvrant et en repensant l'histoire du cinéma, en mettant la focale sur des cinématographies, des parcours, jusque-là occultés ou trop longtemps laissés dans l'ombre, dans une double optique sociétale mais aussi esthétique. Le cinéma, par nature perméable à son époque, a toujours absorbé, digéré, parfois même précédé les grandes mutations, et la vision du monde et de la société qu'ont pu porter certaines femmes à travers le médium cinématographique ne peut aujourd'hui que nous apparaître, proprement, visionnaire, puisqu'elle a trop longtemps été occultée et éclaire un pan révisé de l'histoire du cinéma et du monde tel qu'il est perçu et raconté par le cinéma.

Au-delà du rôle désormais réévalué d'une pionnière aux origines du cinéma comme Alice Guy, les cinématographies précurseures de très grandes réalisatrices, comme Dorothy Arzner dans les années 1930, Ida Lupino dans les années 1950 (seule metteuse en scène à aborder à Hollywood des thématiques aussi difficiles que le viol, le handicap, la bigamie), mais aussi de Kinuyo Tanaka, l'immense actrice de Mizoguchi, Ozu et Naruse, et également autrice de films parmi les plus bouleversants de l'histoire du cinéma (*Maternité éternelle*, pour n'en citer qu'un), constituent des corpus indispensables, qui ne font pas qu'apporter un point de vue et une sensibilité genrés sur des thématiques proprement féminines, mais apportent une exigence formelle, un langage à part, qu'il convient de redécouvrir et de célébrer. D'autres exemples passés pourraient bien sûr être mentionnés, comme la cinéaste expérimentale Maya Deren (l'une des grandes influences de Lynch par son séminal *Meshes of the afternoon*) ou encore Barbara Loden et son unique *Wanda*. On ne peut être exhaustifs en la matière, mais ce sont deux figures françaises et francophones qui connaissent aujourd'hui et à juste titre une aura mondiale et unanime : Agnès Varda, la seule femme (et la première dans l'ordre chronologique à être passée à la réalisation !) de la Nouvelle Vague, et Chantal Akerman, dont la déflagration *Jeanne Dielman* consiste à transcrire par le pur langage de la mise en scène, et de manière proprement révolutionnaire, ce qu'est l'exploitation autoentretenue de la femme dans la sphère domestique, et les voies et moyens de sa possible ou impossible émancipation.

Tous les thèmes évoqués dans les films mentionnés, jusqu'alors marginaux, passent enfin sur le devant de la scène cinématographique, profitant de la perméabilité du cinéma à l'esprit contemporain. Le vent qui s'est levé avec #MeToo et les revendications VHSS donnent ainsi un souffle nécessaire pour dépoussiérer bien des aspects archaïques de l'industrie. Le cinéma doit évoluer avec son époque, non par suivisme mais parce qu'il est un art vivant, lié aux préoccupations de la société. Aujourd'hui, cela passe par une meilleure représentation de toutes et de tous, et par l'éradication des comportements inacceptables en coulisse. L'enjeu sera de faire en sorte que ce changement se traduise par un élan de créativité et non par une peur de créer. Il faut encourager de nouvelles voix à s'exprimer (les femmes, donc, mais aussi les minorités, les personnes handicapées) pour apporter des perspectives inédites, tout en garantissant que rien n'empêche aussi des visions plus dérangeantes ou iconoclastes d'exister.

Enfin, le mouvement a rouvert un débat ancien : celui de la séparation entre l'œuvre et son auteur, d'autant plus délicat dans le cas du cinéma qu'il est un art par essence collectif, résultant certes de la vision d'un cinéaste mais qui découle elle-même de la conjonction de tout un ensemble de forces, de volontés, de collaborations entre les producteurs, les scénaristes, les financeurs, les actrices et acteurs, les équipes techniques… Certains disent que les violences sexistes et sexuelles résultent en premier lieu d'un culte excessif de l'auteur : dès lors, n'est-ce pas tomber dans ce même travers que d'enjoindre de cesser de diffuser les films de Polanski, de Woody Allen ou d'autres figures tombées en disgrâce ? Faut-il revisiter tout le patrimoine à l'aune des critères moraux du présent ? Quel rôle donner à la contextualisation, l'éditorialisation, l'éclairage historique, sociologique et esthétique ? Le sujet divise, parfois violemment. Il témoigne d'une tension entre éthique et mémoire, justice et art, qui ne saurait être tranchée aisément, mais qui doit impérativement mobiliser les pouvoirs publics, certes, mais aussi les critiques, les cinémathèques, les historiens et sociologues du cinéma, et plus largement l'intégralité des professionnels.

Le cinéma, art de son temps mais aussi mémoire vive, ne peut donc cesser de s'interroger quant à sa nécessaire adéquation par rapport aux nouveaux impératifs catégoriques contemporains, qu'ils soient politiques, sociaux, sociétaux, mais aussi historiques, voire géopolitiques. La pensée féministe, les questionnements relatifs au genre, mais aussi la réflexion décoloniale ou postcoloniale, elle-même ne recoupant qu'en partie celle de la construction-déconstruction d'une identité possiblement plurielle, constituent autant de chantiers majeurs tant pour l'activité intellectuelle contemporaine que pour son corollaire créatif et artistique. Des œuvres comme celles en France de Mati Diop (*Dahomey*), Alice Diop (*Nous*), Paul B. Preciado ; au Portugal de João Pedro Rodriguez ; en Italie d'Alice Rohrwacher ; en Argentine de Lucrecia Martel concourent à ce renouvellement des sujets et des formes. En parallèle, tandis que l'Occident fait son aggiornamento éthique, d'autres puissances – la Chine en tête – avancent leurs pions dans la bataille des récits.

Le choc des empires

Depuis plus d'un siècle, on assiste à une hégémonie culturelle exercée par Hollywood à l'échelle mondiale. Cet empire du cinéma américain a traversé les époques en s'adaptant, en absorbant les chocs (télévision, crises économiques, nouvelles vagues esthétiques) et en maintenant une domination quasi constante sur les écrans de la planète. On pourrait dire que chaque fois que l'empire semble vaciller il contre-attaque et revient plus fort – d'où le titre de ce chapitre, clin d'œil à *Star Wars* bien sûr, une saga qui symbolise la puissance du soft power hollywoodien[1].

1. Il convient néanmoins de rappeler que le volet inaugural n'est rien d'autre qu'un remake, transposé dans l'univers de la science-fiction, d'un chanbara d'Akira Kurosawa, *La Forteresse cachée*, auquel George Lucas a emprunté tant le scénario et les personnages clés que certains procédés formels.

Mais aujourd'hui, un empire rival se dessine : la Chine, forte de sa démographie et de sa volonté politique, entend peser de plus en plus lourd dans le cinéma mondial. Face à ce duel États-Unis/Chine, la question se pose : la France (et l'Europe) peut-elle encore peser, ou risque-t-elle de devenir marginale, simple terrain de jeu pour les mastodontes du nouveau duopole mondial ?

Commençons par mesurer la force du soft power hollywoodien.

Elle commence réellement à partir de 1945, avec la création de la branche en soutien aux exportations de films américains à l'étranger : la Motion Picture Export Association. Dans l'après-guerre, Hollywood part sans retenue aucune à la conquête de la planète et y propage non seulement l'*American way of life* mais aussi une certaine vision du monde. L'Europe est la première cible géographique. Dans les accords Blum-Byrnes signés à Washington en 1946 entre les États-Unis et la France, qui, contre avantages financiers et effacement de dette, instaurent une libéralisation des échanges transatlantiques, une clause permet la libre pénétration du cinéma américain dans l'Hexagone, jusqu'alors contingenté. Et le succès est au rendez-vous : en 1947, les films américains drainent tant de spectateurs qu'ils galvanisent la fréquentation des salles de cinéma sur le territoire, explosant ainsi des records avec plus de 423 millions d'entrées dans l'année[1]. Dans la foulée, le plan Marshall d'aide à la reconstruction de l'Europe n'est pas sans contrepartie culturelle : l'imaginaire du Vieux Continent est rapidement inondé d'images *made in Hollywood.*

Ce pouvoir d'attraction a eu des effets concrets et de long terme. Aujourd'hui encore, les films américains dominent presque tous les box-offices nationaux, en Europe, en Asie hors Inde, en Amérique latine. Si l'année 2024 a été exceptionnelle, avec sur le territoire national une part de marché des films français s'élevant à 44,4 %[2], la moyenne de croisière pré-Covid-

---

1. Ce chiffre demeure le record historique de fréquentation des salles de cinéma en France depuis celui de 1938, où la fréquentation des salles enregistrée fut de 452 millions d'entrées. Cf. https://www.data.gouv.fr/fr/datasets/frequentation-des-salles-de-cinema/

2. Ce taux est le meilleur recensé en quinze ans (45,5 % en 2008, année de *Bienvenue chez les Ch'tis* et *Astérix aux Jeux Olympiques*), analogue avec l'année 2014 qui fut aussi une année record avec au box-office des films français comme *Qu'est-ce qu'on a fait au Bon Dieu, Supercondriaque* et *Lucy.*

19 s'établissait à 37,2 %, avec des variations dépassant rarement les 40 % : dans les grandes masses, les entrées en salle se répartissent de manière relativement structurelle en 40 % de films américains, 40 % de films français, 20 % de films du reste du monde. Et la France à cet égard fait figure d'exception : en Italie, sur la dernière décennie, les films italiens se hissent péniblement autour de 25 % du total des entrées en salles. De manière générale au niveau mondial, la part de marché hollywoodienne est plus écrasante, notamment en l'absence de protection locale : dans certains pays d'Afrique ou d'Asie du Sud-Est, 90 % des films projetés viennent des États-Unis. L'imaginaire collectif visuel mondial est encore très largement américain.

Hollywood dispose d'avantages écrasants : la langue anglaise, comprise partout et devenue ainsi une sorte de nouvel esperanto, et à tout le moins doublée facilement ; des moyens financiers hors normes ; des techniques de pointe ; une armée de stars ; une capacité à récupérer les tendances (ou à les déclencher). En outre, l'industrie américaine a su intégrer les nouvelles technologies et usages : elle a absorbé les plateformes de streaming en produisant pour elles, elle coproduit avec ces dernières, elle investit en Chine en adaptant parfois ses scénarios au marché chinois. À titre d'exemple, de nombreux films Marvel ou autres blockbusters tournent des scènes spécifiques pour plaire à la censure chinoise, ou choisissent un acteur chinois connu au casting pour séduire le public local[1]. Cette agilité fait que Hollywood est difficilement détrônable de son hégémonie. Et la crise du Covid-19 n'a redistribué aucune carte en la matière : en 2022, dès que les cinémas ont rouvert, ce sont les films *Spider-Man : No Way Home*, *Top Gun 2* et *Avatar 2* qui ont ramené le public dans le monde entier ; et en 2023 a suivi le phénomène « Barbenheimer », avec la sortie simultanée des films pourtant si différents *Barbie* de Greta Gerwig d'une part et *Oppenheimer* de Christopher Nolan d'autre part, les deux explosant les compteurs du box-office partout dans le monde.

Cela dit, si l'on dézoome de l'Occident, l'empire américain n'est plus seul en scène. La Chine, forte de 1,4 milliard d'habitants et de son essor économique, a bâti en quelques

1. L'exemple paroxystique en la matière est le film de 2021 *Shang-Chi et la légende des dix anneaux*, des studios Marvel, avec une distribution quasi exclusivement chinoise.

années la plus grande infrastructure cinématographique au monde. Le parc de salles de cinéma y explose : le pays en compte presque 91 000 en 2024 – c'est presque 10 000 de plus qu'en 2022, qui en comptait déjà 7 000 de plus que l'année précédente. Au total, c'est plus du double de salles qu'aux États-Unis. Ce réseau de diffusion gigantesque assure des records à son box-office intérieur. En 2024, le box-office chinois a atteint près de 6 milliards de dollars, soit les deux tiers du box-office domestique américain, qui s'établit cette même année à 9 milliards de dollars. Surtout, la Chine a développé sa propre industrie pour nourrir ces salles : dans le même temps que le parc de salles s'accroissait, la production locale de films a explosé. Parmi ces films, beaucoup ont rencontré un franc succès populaire : *La Bataille du lac Changjin*, film de guerre patriotique sorti en 2021, est devenu le film tourné dans une autre langue que l'anglais le plus rentable de l'histoire du cinéma (plus de 900 millions de dollars de recettes récoltées) – et ce sans quasiment sortir à l'international. Dans un autre registre, celui de la comédie familiale, le film *Hi, Mom !* de Ling Jia, sorti la même année, se classe troisième. Au-delà de l'attrait du public, la Chine est dans une posture très protectionniste : si les films chinois occupent une bonne partie du marché domestique, c'est grâce à un quota très strict qui limite entre 30 et 40 le nombre de films étrangers (en pratique surtout américains) importés par an. Ce protectionnisme culturel assumé a permis l'essor de studios chinois capables de produire des superproductions locales rivalisant en ambition avec Hollywood.

Au-delà des considérations économiques et industrielles, la Chine use aussi du cinéma comme d'un levier politique, via les thèmes privilégiés : épopées historiques vantant la grandeur chinoise, science-fiction nationaliste (*The Wandering Earth*, 2019), œuvres patriotiques, genres populaires apolitiques du type comédies romantiques. Pour l'instant, l'impact hors de Chine reste limité car peu de films chinois sortent en Occident (barrière linguistique et culturelle, manque de promotion, sujets difficilement « exportables »). Cette donne n'est pas figée et pourrait changer avec l'essor de plateformes globales ou de collaborations internationales : la Chine espère, en investissant massivement, influencer les imaginaires chez elle et ailleurs.

Par ailleurs, la Chine a trouvé un autre moyen d'étendre son influence : investir dans

Hollywood même. La ligne stratégique n'est pas encore entièrement limpide. En effet, le conglomérat chinois Wanda a acheté en 2012 la chaîne de cinémas américaine AMC, devenant le plus grand exploitant au monde – mais a revendu toutes ses parts en 2021. Le même groupe Wanda a aussi acquis Legendary Entertainment (producteur de *Jurassic World*, *Godzilla*, etc.) pendant quelques années, avant de s'en séparer en 2024. On peut penser que ces mouvements ont été dictés par le souhait d'apprendre les codes des superproductions auprès des Américains, avant de s'en affranchir.

Et Hollywood compose désormais avec la Chine : sont évités les sujets qui fâchent sous peine de perdre l'accès à leur premier marché extérieur. Cela a mené à des cas d'autocensure : par exemple, Marvel a retiré des références à un personnage tibétain dans *Doctor Strange* pour ne pas déplaire à Pékin ; le film *Top Gun : Maverick* a modifié un détail sur la veste de Tom Cruise (les drapeaux du Japon et de Taïwan ont été enlevés dans une bande-annonce pour calmer les autorités chinoises, puis rétablis à la suite de l'abandon de la sortie en Chine). Ces anecdotes démontrent en quelque sorte une nouvelle forme de pouvoir : si la Chine n'exporte pas encore massivement ses films, elle infléchit ceux des autres en sa faveur.

À une autre échelle, la Corée du Sud a également émergé comme un challenger significatif, grâce à une industrie cinématographique dynamique et innovante. Cette montée en puissance est le fruit de réformes importantes introduites dans les années 1990, notamment par l'adoption des lois pour la promotion du cinéma en 1995 et pour la promotion de l'industrie culturelle en 1999, aux fins d'attirer des investissements et de soutenir la production locale. Le gouvernement sud-coréen a aussi mis en place des quotas pour protéger les productions locales et créé des agences dédiées à chaque segment des industries culturelles. Le pays s'est en outre doté d'un vaste réseau de salles de cinéma pour accompagner la diffusion des films. Ces efforts ciblés de politique cinématographique en soutien à la création ont été couronnés de succès : le cinéma sud-coréen est reconnu pour sa créativité et son talent, avec des réalisateurs de renommée internationale comme Bong Joon-ho, Hong Sang-soo et Park Chan-wook. De même, la vitalité de la cinématographie indienne n'est plus à prouver : la puissance écrasante de Bollywood, en volume (200 films par an) comme en capacité d'influence dans l'imaginaire mondial tant de ses codes (comédies musicales et virtuosité chorégraphique) que de ses stars (Aishwarya Rai, Salman Khan), suffit à en faire un poids lourd mondial, phénomène encore renforcé par une double tradition d'auteurisme réaliste (Satyajit Ray) et de blockbusters d'action (*RRR*).

Dans ce panorama oligopolistique mondial, quelle marge de manœuvre pour la France ?

La démographie française et ses ressources financières ne peuvent certes rivaliser avec les États-Unis et la Chine. Cependant, la France possède un pouvoir d'influence symbolique important et une place majeure dans l'imaginaire collectif mondial. Si les États-Unis ont Hollywood, c'est bien en France qu'a été inventé le cinématographe. C'est encore un Français, Georges Méliès, qui détient quant à lui la paternité des trucages et effets spéciaux. Au Panthéon mondial des stars iconiques de cinéma, de nombreux Français et Françaises sont présents, de Yves Montand à Marion Cotillard ou Jean-Paul Belmondo en passant par Brigitte Bardot et Alain Delon. C'est en France qu'est née la Nouvelle Vague, forte des figures emblématiques que sont Jean-Luc Godard, François Truffaut, Agnès Varda, Éric Rohmer, Claude Chabrol, Jacques Rivette, puis les plus buissonniers Jean Eustache et Jacques Rozier, dont l'influence a été mondiale en réinventant la liberté de l'auteur par rapport aux carcans de l'industrie, des studios et plus généralement de ce que l'on appelait alors la « qualité francaise », celle d'un cinéma académique et d'inspiration littéraire, voire théâtrale. Ce sont ces cinéphiles et ciné-fils français des années 1950, coalisés un premier temps au sein des *Cahiers du cinéma*, qui, en incorporant l'héritage du classicisme hollywoodien, du néoréalisme rossellinien, de l'humanisme renoirien, et en le mettant au goût des problématiques de leur temps (la révolution des mœurs, la guerre d'Algérie, une France des Trente Glorieuses encore naissante sous le carcan gaulliste), ont essaimé dans le monde entier, faisant souffler un vent de liberté que l'on retrouvera dans les nouvelles vagues allemande (Fassbinder et son œuvre monstre), japonaise (Oshima, Imamura, Yoshida), brésilienne (le Cinema Novo porté par Glauber Rocha), même plus tard taïwanaise (Hou Hsiao-Hsien, Edward Yang) jusqu'à rétroagir aux États-Unis et faciliter l'avènement du Nouvel Hollywood.

Cependant, cette tradition auteuriste s'est toujours accompagnée d'une autre, complémentaire et parallèle : celle d'un grand cinéma populaire, porté par des incarnations-phares qui sont autant de balises transgénérationnelles pour notre mémoire (Louis de Funès, Jean-Paul Belmondo, la troupe du Splendid, Pierre Richard…), mais aussi par de grandes signatures en mise en scène comme en production (Lautner, Leconte, Besson, Beineix, Berri…), conciliant exigence dans la qualité du divertissement et souci du spectacle. Pour reprendre le sous-titre du récent livre de Nicolas Brevière consacré aux « Golden Eighties »[1] : « La guerre entre Louis de Funès et Marguerite Duras n'a pas eu lieu. » Et elle n'a pas eu lieu car le cinéma d'auteur et le cinéma commercial ont besoin l'un de l'autre et sont complémentaires, formant ainsi toute la richesse et la diversité du cinéma français.

Enfin, et de manière plus économique et industrielle, la France dispose également d'atouts uniques constitutifs d'un écosystème aussi puissant en force de frappe que décentralisé sur son territoire. Car c'est le pays qui possède le premier parc cinématographique d'Europe, avec plus de 2 000 salles et plus de

1. Nicolas Brevière, *Golden Eighties. La guerre entre Louis de Funès et Marguerite Duras n'aura pas lieu*, Paris, Carlotta, 2024.

6 000 écrans – 38 % de salles de plus qu'au Royaume-Uni et 20 % de salles de plus qu'en Allemagne. Sans conteste, le Festival de Cannes est la rencontre internationale annuelle la plus prisée, devant la Mostra de Venise et la Berlinale. Sa sélection et son palmarès sont éminemment prescripteurs et présagent souvent de la destinée internationale d'un film. La présence des films et cinéastes français dans les festivals internationaux et aux Oscars est disproportionnée par rapport au poids économique et politique du pays.

Au-delà de ces marqueurs forts, le cinéma français, dans sa substance même, a su se poser en véritable alternative à Hollywood. La France peut empêcher le XXIe siècle du cinéma d'être bipolaire, avec clairvoyance et volontarisme.

Troisième partie

LA FRANCE FACE AU DÉFI DU XXIe SIÈCLE

UNE EXCEPTION SOUS TENSION : LE CINÉMA FRANÇAIS, UN ÉQUILIBRE FRAGILE

Le cinéma porte en lui la singularité d'être tout à la fois un art et une industrie. Cette dualité est souvent décrite comme un équilibre délicat, une épine dorsale et un talon d'Achille : comment concilier la liberté créatrice, l'exigence artistique, avec les nécessités économiques, la rentabilité et la logistique industrielle ? Trouver ce point d'équilibre sans « tout perdre », c'est-à-dire sans sacrifier l'art sur l'autel du profit, ni se condamner à l'échec financier par excès d'idéalisme, constitue le défi constant du septième art.

La France a longtemps revendiqué un modèle original de cet équilibre, baptisé « exception culturelle », où l'État et les acteurs privés conjuguent leurs forces pour soutenir la création tout en maintenant une industrie viable. Ce modèle, mis en place de manière progressive, par couches cumulatives, à partir de la seconde moitié du XXe siècle, est aujourd'hui chahuté par la mondialisation et les bouleversements technologiques. Est-il encore à la hauteur du monde qui vient ? Est-il force ou fragilité dans un univers globalisé ?

L'exception culturelle française repose sur une idée forte : la culture n'est pas un bien marchand comme les autres. Dès les années 1950, plusieurs mécanismes et instruments ont été instaurés pour protéger et financer le cinéma national : quotas de diffusion de films européens à la télévision (on connaît souvent mieux son pendant de soutien à l'industrie musicale, à savoir le quota de chansons françaises à la radio), aides financières sélectives ou automatiques via le CNC, alimentées par une taxe sur les billets de cinéma et sur les diffuseurs de films dans une optique de neutralité technologique (captant ainsi progressivement la télévision, la vidéo à la demande à l'unité, les fournisseurs d'accès Internet, les éditeurs et distributeurs sur Internet, les plateformes de services de vidéo à la demande, les réseaux sociaux), réglementation stricte sur la chronologie des médias[1],

1. La chronologie des médias, instaurée en France dès les années 1980, organise la succession des « fenêtres » d'exploitation d'un film : d'abord la salle de cinéma, puis

permettant l'encadrement des fenêtres d'exploitation des films par catégorie de diffuseurs, etc. Ces dispositifs ont prouvé leur efficacité pour maintenir un volume de production élevé et une diversité d'œuvres. Même face à Hollywood, la France produit chaque année environ 200 films d'initiative française (287 films agréés en 2022, coproductions incluses), ce qui la place dans le peloton de tête mondial en quantité.

Le financement du cinéma français repose sur un écosystème complexe et subtil : préachats, par les chaînes de télévision (comme Canal+ historiquement et principalement du fait de sa mission historique de premier soutien de l'industrie du cinéma, mais aussi diffuseurs hertziens gratuits) et désormais les plateformes, de droits de diffusion des films – assurant ainsi une part de leur budget –, aides spécifiques du CNC (comme l'avance sur recettes avant réalisation, les aides sélectives à la distribution ou

la vidéo à l'unité et le DVD, ensuite les chaînes de télévision payantes et gratuites, et enfin les plateformes de vidéo à la demande par abonnement. Ce système vise à protéger l'économie de chaque diffuseur et à garantir le financement des films, en échange d'obligations d'investissement dans la création.

encore les aides au court-métrage), producteurs aidés dans leur montage financier par le soutien automatique du CNC (plus un film fait d'entrées, plus il génère de crédit pour le producteur afin de faire un autre film), géants industriels intégrés sur la chaîne production-distribution-exploitation (Pathé, Gaumont, UGC, MK2), réseaux de distributeurs indépendants, Sofica[1], aides régionales, crédits d'impôt cinéma, architecture bancaire et assurantielle spécialisée pour faciliter la gestion de trésorerie des différents acteurs économiques, Cofiloisirs et Coficiné comme établissements de crédit du cinéma, l'IFCIC[2] en prêt et garantie, désormais le volet industries culturelles de la Banque publique d'investissement... Ce modèle, mobilisant différents leviers (fiscal, parafiscal, bancaire, régulation par le CNC et le ministère de la Culture, obligations normatives d'investissement pesant sur les bénéficiaires du système), a permis d'amortir les chocs et d'éviter un assèchement de la création, y compris durant les crises, prouvant sa

1. Véhicules d'investissement bénéficiant d'avantages fiscaux.

2. Institut pour le financement du cinéma et des industries culturelles.

résilience : le CNC a ainsi pu user de son pouvoir contracyclique en mobilisant ses réserves pour soutenir les salles et les tournages pendant la pandémie de Covid-19.

Cette tension entre art et commerce, protection publique et concurrence privée, au cœur du modèle français, s'est certes complexifiée dans ses dispositifs et moyens d'intervention mais n'a pas fondamentalement changé depuis l'analyse qu'en a faite René Bonnell dans son ouvrage fondateur *Le Cinéma exploité* (1978), il y a un demi-siècle. Dans une critique institutionnelle qui reste étonnamment actuelle, il y décrivait un secteur en crise face à l'émergence de nouveaux médias (à l'époque, la télévision), une concentration des exploitants selon une logique oligopolistique et la nécessité vitale d'une régulation par l'État pour préserver une industrie nationale fragilisée par l'hégémonie américaine. Son constat d'un risque de standardisation des œuvres sous pression économique – une marchandisation des films au détriment de leur diversité – éclaire d'un jour saisissant les mutations actuelles du marché cinématographique. « Il faut que tout change pour que rien ne change », énonçait *Le Guépard* de Lampedusa – le cœur du dilemme reste le même : comment préserver un cinéma d'auteur, divers, national, dans un environnement de plus en plus globalisé et concurrentiel ?

Aujourd'hui, plusieurs évolutions fragilisent le modèle français et, partant, la pérennité de l'exception culturelle qui en découle.

D'une part, l'essor du streaming fragilise, voire bouscule, la chronologie des médias classiques. Les plateformes, fortes de leur enracinement dans les pratiques de consommation comme de leur portefeuille d'abonnés (plus de 10 millions pour Netflix en France) revendiquent désormais un accès rapide à la diffusion des films qu'elles contribuent à financer, sans attendre quinze ou dix-sept mois après la sortie en salles. Le passage début 2025 à neuf mois de Disney+, dans une chronologie des médias négociée au forceps en contrepartie d'engagements de financement de la plateforme dans le cinéma français (à hauteur de 25 % de son chiffre d'affaires généré en France pour les trois prochaines années), est l'illustration de cette pression et d'une évolution nouvelle des rapports de forces entre acteurs traditionnels et nouveaux entrants. Mais toute nouvelle évolution de la chronologie des médias porte structurellement un risque de fragilisation de la salle de cinéma, en pouvant potentiellement remettre en cause le caractère récent des films et l'exclusivité différenciante dont bénéficient les exploitants de salles par rapport aux autres diffuseurs de cinéma, en vidéo à la demande, à la télévision ou en délinéaire. Or, fragiliser la salle, c'est aussi par définition fragiliser les entrées, et donc la taxe sur la billetterie portant sur ces mêmes entrées, donc générer moins de recettes allouées au fonds de soutien du CNC susceptible ensuite de ruisseler dans le financement des projets.

D'autre part, les chaînes de télévision, qui étaient la principale source de financement des films en France, voient leur influence décliner face aux nouveaux usages et une explosion de la concurrence depuis l'arrivée des plateformes dans le paysage français, inaugurée par l'entrée de Netflix il y a dix ans. Or les statistiques montrent que la part des films produits sans diffuseur (c'est-à-dire sans qu'une chaîne s'engage à l'avance) n'a cessé de croître, passant de 17 % en 1994 à 43 % en 2019. Près de la moitié des films français récents se montent donc sans l'appui d'une chaîne de télévision – et ces derniers sont nécessairement plus fragiles financièrement, avec un budget moyen trois fois inférieur à celui des films bénéficiant d'un diffuseur (1,45 M€, contre 4,5 M€ en moyenne). Cela signifie soit des films à petit budget (ce qui n'emporte en soi aucune conséquence artistique ou commerciale, mais peut limiter l'ambition de certains projets), soit des films qui se font mais dont la diffusion sera incertaine (pas d'antenne garantie, donc potentiellement peu de visibilité et un succès en salles aléatoire). Au total : ambitions contraintes et diffusion incertaine. Ce phénomène fait écho aux alertes de René Bonnell dans son rapport au CNC *Le Financement de la production et de la distribution cinématographiques à l'heure du numérique*, il y a déjà plus de dix ans[1], sur la difficulté pour les œuvres indépendantes d'accéder à un public sans passer par des circuits verrouillés. La situation d'aujourd'hui, où les films sans diffuseur peinent à exister, n'est qu'une nouvelle

1. René Bonnell, *Le Financement de la production et de la distribution cinématographiques à l'heure du numérique*, rapport remis au Centre national du cinéma et de l'image animée (CNC), décembre 2013. Selon ce rapport, 29 % des films produits sans apport de SOFICA et 35 % de ceux sans préachat de chaînes de télévision sont sous-financés à plus de 50 %, ce qui illustre la vulnérabilité financière des œuvres montées sans engagement d'antenne.

modalité d'un problème ancien : l'asymétrie de pouvoir entre les différents maillons de l'écosystème cinématographique.

Et, en la matière, la dynamique engagée n'est guère rassurante : en particulier, si Canal+ reste, et de loin, le premier financeur privé de la création cinématographique française avec jusqu'à fin 2024 environ 200 millions d'euros fléchés vers les films français, son évolution vers un modèle de groupe mondial « plateformisant » son modèle et de moins en moins tributaire du cinéma, en particulier national, au bénéfice d'investissements à l'international et dans les séries, pourrait constituer à terme une rupture historique par rapport au schéma conçu lors de sa création en 1984.

Dans ce contexte général, une interrogation récurrente revient avec une régularité métronomique dans le débat public : produire 200 films par an, n'est-ce pas trop, ne serait-ce même qu'en termes de soutenabilité et d'absorption d'un tel volume par le public ? Ces œuvres trouvent-elles leur audience ? L'augmentation au cours des dernières années du nombre de films ne s'est pas traduite par une hausse des entrées totales pour le cinéma français, marquée même au contraire par une légère érosion avant la pandémie. Chaque film est vu en moyenne par moins de spectateurs. En 2019, un film français n'était vu en moyenne en France que par 173 000 spectateurs, contre 880 000 pour un film américain, soit un rapport de un à cinq. Certes, cela s'explique en partie par le fait que la France propose un grand éventail de films, dont beaucoup appartenant au cinéma d'auteur, qui ne visent pas des records en salles. Cela pose néanmoins une question que l'on peut trouver légitime : notre système encourage-t-il une surproduction de films, au risque que beaucoup passent inaperçus ? En 2019, pas moins de 71 % des films français sortis ont fait moins de 10 000 entrées en salle – un chiffre frappant, montrant qu'une majorité de titres ne rencontrent qu'un public ultraconfidentiel. Produire pour produire, sans réel souci de la rencontre avec le public, peut, disent certains, aboutir à une dilution culturelle autant qu'économique. Cependant, l'effervescence créatrice de la France réside très certainement là-dessus : parmi ces films confidentiels, il y a des prototypes, l'émergence de futurs grands talents, et, en fin de compte, la vitalité de ce qui constitue le nécessaire volet « recherche et développement » de l'industrie cinématographique. Conformément au diagnostic unanime des économistes, une industrie ne doit-elle pas sa santé et sa longévité à son investissement dans la R&D ? Et les succès d'aujourd'hui ou de demain, au box-office comme dans les festivals, ne sont-ils pas la résultante directe de tout un écosystème favorable à l'émergence de nouvelles signatures qui, hier, par leurs courts ou moyens métrages, puis leur premier film, voire leur deuxième, puis leur troisième, aux économies sans doute contraintes et aux réussites modestes en salles, ont pu acquérir une expérience et développer un art qui leur a permis des réussites ultérieures ?

Peut-être y a-t-il en vérité un déficit de films dits « du milieu », c'est-à-dire qui trouvent un large public sans être des superproductions. Ce « cinéma du milieu » (films à budget modéré, souvent portés par des auteurs confirmés et des têtes d'affiche locales) était historiquement la force du cinéma français populaire. Selon une mission d'information du Sénat, ce sont justement ces films de 4 à 10 M€ de budget qui progressent le moins en nombre aujourd'hui, pris en étau entre les petites productions et les comédies ou films à grand spectacle qui constituent les locomotives de la fréquentation, en France comme à l'export. La conséquence possible, c'est un affaiblissement du cinéma français « grand public de qualité », qui contribue à sa réputation et dont la raréfaction menace l'équilibre général du paysage.

Face à ces constats, la viabilité du modèle issu de la Nouvelle Vague, dans lequel l'État subventionnait une nouvelle génération de créateurs sans exigence immédiate de rentabilité, pose question. C'est en effet la Nouvelle Vague (autour des années 1958 à 1962) qui a bénéficié d'une première version de l'exception culturelle avec la création de l'avance sur recettes en 1959, laquelle a financé des jeunes comme Truffaut ou Resnais. Ce modèle a été renforcé dans les années 1980 par l'arrivée de Canal+ qui a irrigué l'industrie d'une nouvelle source de financement. Puis, dans les années 1990-2000, par l'essor du soutien automatique. Globalement, cela a permis de préserver une filière complète : de la formation (Fémis, etc.) à la distribution en passant par la production, la France dispose de tout un écosystème. La donne du XXIe siècle est différente : les recettes en salles stagnent, la télévision linéaire décline et le public – surtout les jeunes – se tourne vers d'autres écrans.

L'exception culturelle demeure un rempart puissant, car elle offre à la création nationale des boucliers et des moyens d'existence. Ainsi, face à la déferlante Marvel/Disney, la France est parvenue à préserver 40 % de parts de marché domestique pour ses films – performance impensable au Royaume-Uni ou en Allemagne, où Hollywood occupe 80 % du terrain. À cet égard, l'exception culturelle agit comme un garde-fou précieux pour la diversité des œuvres. Mais ce rempart peut parfois être perçu comme une faiblesse ou un carcan : d'une part, ce système est parfois accusé de soutenir artificiellement des films qui n'intéressent pas le public (certains parlent d'« overdose » de films subventionnés sans public, en omettant à dessein ou par méconnaissance de préciser que l'essentiel du financement public des films provient de ressources taxées sur le secteur et revenant au secteur, et non d'une contribution budgétaire de l'État) – en résumé, soutenir la création, oui ; subventionner l'indifférence, non. D'autre part, dans un monde globalisé, l'exception culturelle française peut apparaître comme une forme de protectionnisme daté, voire d'autocentrisme. Elle est régulièrement attaquée, notamment lors de négociations commerciales avec les États-Unis, qui la considèrent comme une entrave à la libre circulation de leur propre industrie culturelle – et qui en rétorsion prévoient d'ailleurs, sous l'administration Trump, de revenir à un système de protectionnisme économique fondé sur des barrières tarifaires –, ou encore de l'intérieur, sous les accusations d'un libéralisme économique et idéologique qui préférerait un cinéma « délivré de l'assistanat ».

Comment, dès lors, concilier art et industrie sans tout perdre ? La réponse passe par une adaptation intelligente des règles du jeu. Il faut, d'abord, continuer à repenser la chronologie des médias, pour qu'elle conserve sa pertinence : si des assouplissements ont déjà été engagés, ils devront sans doute être poursuivis, tout en veillant strictement à ce que les grandes plateformes de streaming contribuent équitablement au financement de la création, mais sans pour autant déséquilibrer le reste de l'écosystème contributeur. Il faut aussi, dans certains cas, inciter les producteurs à financer moins de films, mais plus solidement, pour leur donner une vraie chance, dans d'autres cas, à continuer de produire autant, mais en soignant la stratégie de distribution (mieux échelonner les sorties pour éviter la cannibalisation entre films français : sur ce point, le CNC a déjà pu par le passé tenter de lisser le calendrier des sorties pour éviter que trop de films nationaux se concurrencent la même semaine), et, dans certains cas même, à produire davantage, mais en leur donnant les moyens de trouver des financements alternatifs à ceux usuellement mobilisés, notamment en se tournant vers des fonds privés mais non sectoriels.

Il est tout aussi nécessaire d'encourager des coproductions internationales stratégiques. Aujourd'hui, la moitié des films français sont des coproductions, essentiellement avec l'Europe. Il conviendrait d'élargir cet horizon, en nouant davantage de partenariats avec des marchés en forte croissance, en Asie ou en Amérique latine, afin d'augmenter le potentiel de diffusion de nos œuvres. Cela implique de penser l'audience mondiale dès la conception des projets, sans pour autant diluer la singularité française qui fait leur force.

Au fond, l'équilibre entre art et industrie repose également sur la place accordée aux auteurs. La France a longtemps sacralisé le réalisateur-auteur, héritage de la « politique des auteurs » des *Cahiers du cinéma*. Cette valorisation de la vision artistique à l'origine de toute œuvre est évidemment précieuse. Mais, là encore, tout est affaire de dosage : un dialogue exigeant et fécond entre création et production est nécessaire. Il est toujours possible de soutenir des films d'auteur ambitieux capables de conquérir le public. Pensons à *The Artist*, pari insensé – un film muet en noir et blanc – qui a su séduire la planète en 2011. Il faudra multiplier ces réussites d'équilibristes, où exigence artistique et accessibilité publique s'épousent.

En somme, les règles du jeu du cinéma français doivent évoluer pour rester fidèles à leur finalité. L'exception culturelle n'est pas un dogme intangible ; c'est un outil politique qu'il faut sans cesse réajuster et réaffûter. La véritable question est simple : les dispositifs actuels servent-ils encore l'objectif final, à savoir un cinéma français vivant, divers, largement diffusé et durable économiquement ? Si oui, ils doivent être préservés. Sinon, ils doivent être réformés avec lucidité, sans naïveté, face à la compétition mondiale. La décennie à venir sera décisive pour ajuster ce modèle. Pour rester vivant, le cinéma français doit demeurer la meilleure fabrique d'images et d'imaginaires dans un univers saturé de contenus visuels.

Une place au soleil ? Le cinéma français et son rayonnement

Le cinéma français, pour continuer d'exister sur la scène mondiale, doit cultiver son rayonnement international. Historiquement, la France a su se doter d'outils de soft power cinématographique particulièrement efficaces. En premier lieu, le Festival de Cannes, vitrine éclatante du cinéma mondial, mais aussi instrument d'influence française : chaque mois de mai, la Croisette devient la capitale planétaire du septième art, sous l'égide de la France. S'y ajoutent de nombreuses distinctions et institutions françaises, comme les César – équivalent national des Oscars – ou les réseaux d'implantation culturelle tels que l'Alliance française, qui diffusent nos œuvres à travers le monde.

La question est donc la suivante : ce soft power français résiste-t-il encore dans un monde où les projecteurs semblent désormais braqués sur Hollywood, et, de plus en plus, sur d'autres pôles de production comme Bollywood ou Nollywood ?

Commençons par Cannes. Ce festival demeure sans conteste le festival de cinéma le plus prestigieux au monde. Obtenir une Palme d'or, ou simplement être sélectionné en compétition officielle, constitue un sceau d'excellence artistique susceptible de changer le destin d'un film et d'un cinéaste. Ce prestige rejaillit directement sur la France : il positionne notre pays comme arbitre du goût cinématographique mondial. La Palme d'or attribuée en 2023 à *Anatomie d'une chute* de Justine Triet a bénéficié d'une couverture médiatique internationale qui a favorisé la sortie du film aux États-Unis ainsi que dans de nombreux autres territoires. De manière plus générale, Cannes continue de nourrir l'idée, dans l'imaginaire collectif mondial, que la France est une terre de cinéma. La Palme d'Or, depuis quelques années d'ailleurs, coïncide avec l'Oscar du meilleur film, comme ce fut le cas avec *Parasite* puis *Anora.* C'est là un élément intangible mais crucial de notre influence. Des millions de personnes dans le monde connaissent Cannes même sans être cinéphiles, ce qui dans l'inconscient collectif alimente l'équation mentale « France = auteurisme cinématographique de grand prestige ».

Les César, bien que principalement tournés vers le public national, participent à célébrer également la valorisation annuelle de notre création et sa visibilité internationale, notamment par le biais de partenariats (Canal+ en diffuse parfois des extraits à l'étranger). Les récentes polémiques, comme celle liée à l'affaire Roman Polanski en 2020, ont par ailleurs suscité une attention internationale sur la manière dont la France traite ces sujets sensibles – preuve que nos actions culturelles sont observées au-delà de nos frontières.

Le rayonnement par les festivals ne se limite pas à Cannes. La France organise ou coproduit de nombreux festivals spécialisés : Annecy pour l'animation, Clermont-Ferrand pour le court-métrage, ou encore le FESPACO (Festival panafricain du cinéma de Ouagadougou), auquel elle est historiquement liée. Ces événements participent à l'entretien de réseaux de diffusion et d'influence où la France occupe fréquemment des fonctions clés, qu'il s'agisse de programmation, de financement ou d'attribution de prix. Il s'agit d'un soft power plus diffus, mais bien réel.

Sur le plan commercial, où nos films s'exportent-ils ? L'Europe constitue traditionnellement notre premier débouché : nos voisins (Allemagne, Belgique, Italie, Espagne) consomment nos films, souvent grâce au travail des distributeurs pour le doublage ou le sous-titrage. La Belgique francophone est presque une extension du marché intérieur français, représentant régulièrement 5 à 10 % des entrées d'un film. Certains succès ont surpris par leur écho lointain : la comédie *Qu'est-ce qu'on a fait au Bon Dieu ?* (2014) a rencontré un franc succès en Allemagne et en Autriche ; *Intouchables* (2011), triomphe critique et public, a dépassé les 50 millions d'entrées hors de France, notamment en Corée du Sud – un record absolu pour un film français. Ces succès démontrent que notre cinéma peut voyager, à condition que les thématiques soient universelles et traitées avec une grammaire narrative accessible. L'animation française se distingue également à l'export : *Le Petit Prince* (2015) ou *Moi, moche et méchant* (coproduction franco-américaine) sont visionnés dans le monde entier.

D'après les bilans récents, en 2023, le cinéma français à l'international a généré 37,4 millions d'entrées et 234 millions d'euros de recettes. La majorité des grands succès est francophone, ce qui confirme la capacité de la langue française à rayonner à l'étranger. La tendance observée en 2024 confirme qu'une part significative des grands succès français réalise davantage d'entrées à l'étranger qu'en France. C'était le cas de 13 films sur les 20 plus grands succès français de 2023.

Il convient cependant de garder lucidité et mesure. La part de marché mondiale du cinéma français demeure modeste, estimée de manière relativement stable ces dernières années à environ 2 %. Loin derrière les États-Unis, mais aussi derrière la Chine, dont la force repose moins sur l'exportation que sur l'ampleur de son marché intérieur devenu le premier au monde en termes d'entrées et de recettes. Cette performance varie fortement selon les années. Des films comme *Taken* ou *Lucy* produits par Luc Besson peuvent gonfler conjoncturellement les chiffres. Et beaucoup de succès dits « français » sont en réalité des coproductions majoritaires, tournées en anglais ou avec des têtes d'affiche internationales – c'est d'ailleurs le cas de *Lucy*, avec la star américaine Scarlett Johansson, ou de *Valérian*, avec la mannequin et actrice britannique Cara Delevingne. L'exportation du film *The Artist* fut facilitée par le fait qu'il est muet. Cela interroge : comment concilier exception française et réussite à l'international, défense et valorisation de notre patrimoine et rayonnement à l'étranger ?

La francophonie, dans ce débat, apparaît comme un atout stratégique largement sous-exploité. Avec plus de 320 millions de locuteurs francophones aujourd'hui dans le monde, elle représente pourtant un bassin immense. Or, en Afrique subsaharienne, les salles de cinéma sont rares, et lorsqu'elles sont présentes, elles diffusent surtout des films américains ou nigérians. Un chantier d'ampleur reste à mener pour consolider un espace cinématographique francophone intégré. Cela passe par le soutien à la distribution de films français en Afrique, la coproduction avec ces pays pour qu'ils consolident leur industrie locale (*Timbuktu*, d'Abderrahmane Sissako, coproduit par la France, la Mauritanie et le Mali, a rencontré un succès critique mondial), et la formation des talents locaux. L'Afrique, jeune et hyperconnectée, pourrait par ailleurs manifester une appétence pour la consommation du cinéma directement via les outils numériques. Des acteurs français comme Canal+, historiquement très présent sur le continent, ou TV5 Monde servent déjà de relais efficaces pour le cinéma francophone. Il est essentiel que nos films y soient présents : c'est une semence pour l'avenir.

La singularité de l'image cinématographique française est un trésor à chérir. Qu'est-ce qui fait qu'un film est immédiatement identifiable comme français ? Un ton particulier, entre réalisme et poésie, une ironie diffuse, un goût pour la parole, hérité de Rohmer ou Truffaut ? Une « qualité française » de mise en images de nos grands récits littéraires (Hugo, Balzac, Zola, Dumas...) ? Une temporalité propre, qui accepte la lenteur, l'ambiguïté, les fins ouvertes ? Il n'existe pas de réponse univoque à cette question, et encore moins de recette miracle. Car préserver cette singularité suppose de soutenir la diversité des formes, de résister au formatage. Cela suppose également de défendre la projection en salles, la qualité de l'image et du son. La France investit par ailleurs activement dans la restauration de son patrimoine – une manière de nourrir une cinéphilie mondiale et de rappeler que le cinéma est aussi une mémoire.

Face aux pressions esthétiques des plateformes, qui induisent un certain formatage, il faut continuer à défendre une grammaire cinématographique riche. Le style « Netflix » ne doit pas devenir un carcan. Comme toute industrie, il est nécessaire pour survivre d'innover, d'investir dans la recherche et le développement. Des auteurs comme Gaspar Noé, Leos Carax, Claire Denis proposent des œuvres formellement audacieuses, qui ne séduisent pas les masses mais influencent durablement les milieux critiques et les jeunes cinéastes. Ils participent eux aussi à notre rayonnement.

Le cinéma français a encore, sans nul doute, une place au soleil : festivals et prix nous offrent de la visibilité, nos films phares prouvent qu'on peut plaire au public mondial et la francophonie est une mine d'opportunités encore partiellement inexploitées. Mais cette place n'est pas acquise. Elle suppose de continuer à innover, à investir dans de nouveaux formats (séries d'auteur, réalité virtuelle narrative), sans jamais renier l'exigence qui fait notre singularité. La diplomatie culturelle a aussi un rôle à jouer : dans les traités et accords, le cinéma doit rester une priorité. L'augmentation des moyens d'Eurimages pour les coproductions avec l'Afrique ou l'Asie du Sud-Est, par exemple, serait un signal fort.

L'INSTANT DÉCISIF : LE CINÉMA FRANÇAIS À L'HEURE DES CHOIX

À quoi ressemblera le cinéma français dans dix, vingt, cinquante ans ? La réponse dépend largement des choix que nous faisons aujourd'hui. Si nous abandonnons notre destin aux seules forces du marché mondial, il est à craindre que notre cinéma ne s'étiole, réduit à un rôle périphérique dans la bataille mondiale des images. En revanche, si nous reconnaissons que le cinéma constitue un enjeu stratégique pour la nation, nous pourrons activer les leviers nécessaires à sa pérennité en tant que pilier de notre culture et de notre rayonnement au XXIe siècle.

Trois axes d'action peuvent être dégagés pour que la France demeure une puissance cinématographique : une politique ambitieuse d'émergence des talents, un financement adapté aux mutations contemporaines et une place centrale donnée aux auteurs et aux créateurs.

Le premier axe consiste à garantir le renouvellement des générations par une politique volontariste en faveur de l'émergence de nouveaux talents. La Nouvelle Vague est née parce que des jeunes critiques ont eu la liberté et l'audace de s'emparer du cinéma pour le bousculer. Ils ont su s'extraire d'un académisme respectable mais figé, hérité de figures illustres comme Renoir, Guitry, Pagnol ou Clouzot. Dans les années 1980 et 1990, des dispositifs tels que les Ateliers Beaumarchais, la Fémis ou le prix Louis-Delluc du premier film ont permis de révéler de nouveaux noms. Il convient aujourd'hui de poursuivre et d'amplifier cette dynamique : détecter précocement les auteurs prometteurs, issus de toutes les strates de la société, y compris ceux éloignés des circuits traditionnels, et les accompagner durablement.

Cela suppose de renforcer les résidences d'écriture, de financer plus largement les premiers courts-métrages, de faciliter l'accès aux moyens techniques via des structures publiques ou des partenariats privés. On pourrait concevoir un incubateur national dédié au cinéma, sur le modèle des structures de soutien aux start-ups : chaque année, une sélection de projets de premiers longs-métrages bénéficierait d'un accompagnement renforcé (intervention de *script doctors*, encadrement logistique, mentorat par des cinéastes confirmés). Il s'agirait d'ouvrir les portes à une diversité véritable : sociale, mais aussi de regards et de formes. L'émergence concerne aussi les métiers techniques : nous aurons besoin demain de chefs opérateurs, de monteurs, de compositeurs, formés aux traditions classiques et aux nouveaux outils. Cela implique de soutenir les écoles et de moderniser les formations, en intégrant au premier chef les usages de l'intelligence artificielle.

Le deuxième axe est celui du financement. Notre modèle, bien qu'efficace, doit évoluer. Le CNC demeure un outil irremplaçable : ses ressources doivent être sanctuarisées, en veillant à ce que chaque innovation technologique génère une juste contribution au financement de la création. Les plateformes numériques, les réseaux sociaux et demain les outils basés sur l'intelligence artificielle doivent participer équitablement au financement du cinéma, via des mécanismes fiscaux ou réglementaires. Ce qui a été obtenu de YouTube ou de Netflix doit être étendu aux nouveaux acteurs qui bénéficieront des contenus audiovisuels générés, partiellement ou totalement, par l'intelligence artificielle.

Parallèlement, il convient d'attirer à nouveau les capitaux privés vers le secteur. Des instruments comme les Sofica pourraient être rendus plus attractifs encore pour élargir la base des investisseurs. Un autre levier réside dans les coproductions internationales : elles permettent de mutualiser les coûts et d'ouvrir les films à de nouveaux marchés. La France a une longue tradition en la matière ; il faut la renforcer par de nouveaux accords, notamment avec l'Inde ou avec des pays d'Asie du Sud-Est en pleine montée en puissance.

Financer, c'est aussi mieux rentabiliser : cela passe par une politique volontariste d'exportation. Unifrance joue un rôle essentiel en la matière ; il faut accroître ses moyens. Des opérations de promotion à l'étranger – « Semaines du film français » dans les grandes capitales, accompagnement des équipes artistiques, traduction, sous-titrage – sont autant d'investissements à fort retour, tant en termes d'image que de recettes.

Enfin, le troisième axe – le plus impalpable mais le plus fondamental – est la place donnée aux auteurs et aux créateurs, réalisateurs, scénaristes, producteurs, etc. Toute grande cinématographie repose sur des visions fortes. Préserver cette vitalité créative suppose de garantir une réelle liberté artistique, loin des seules logiques de rentabilité. Il faut maintenir l'équilibre entre films à large public et œuvres plus audacieuses, expérimentales, prototypales, dont la seule existence contribue au prestige collectif. L'immense succès d'un blockbuster à grand spectacle, tel que *Le Comte de Monte-Cristo* (2024) avec ses près de 10 millions d'entrées en France, permet de financer des films plus risqués ; le prestige d'un film d'auteur peut rejaillir sur l'ensemble de l'écosystème.

Les leviers sont multiples : soutien renforcé aux salles de cinéma d'art et essai, incitations pour les diffuseurs à financer des premiers films ou des projets innovants, attractivité nouvelle pour des financements novateurs venant abonder les budgets des grandes locomotives du secteur (via le mécénat, les fonds privés, les collaborations avec des marques, notamment de luxe…). Faire une vraie place aux auteurs passe aussi par la reconnaissance morale et symbolique : valoriser nos cinéastes dans les médias, à l'école (intégrer plus de cinéma dans les programmes scolaires comme pilier de la culture générale), faire de la construction de la cinéphilie auprès des jeunes générations non pas un simple pan de l'éducation à l'image, mais bien une nécessité impérieuse, celle de former les spectateurs de demain, qui font aussi la richesse et la puissance de notre cinéma national.

Il ne faut pas non plus oublier les auteurs hors réalisation. Les scénaristes doivent aussi être mieux considérés : un cinéma fort se bâtit sur des scénarios solides. La création d'espaces de développement – l'équivalent français des *writers' rooms* américaines – permettrait d'encourager le travail collectif. Il est impératif de continuer à soutenir les formations exigeantes comme celles que prodiguent la Fémis, la Cité européenne des scénaristes ou encore l'école Kourtrajmé.

Enfin, cet effort stratégique doit s'incarner dans une politique industrielle plus cohérente que celle actuellement portée par le plan France 2030. Le programme « La grande fabrique de l'image », s'il marque un effort louable en faveur des infrastructures, présente plusieurs limites qui méritent d'être soulignées. Il s'avère aujourd'hui excessivement centré sur la seule question des studios de tournage, concentrant l'essentiel de ses investissements sur le développement ou la modernisation de plateaux physiques. Or ce choix soulève plusieurs critiques sérieuses.

D'une part, miser sur l'attractivité des studios français dans un contexte mondial de concurrence fiscale exacerbée est un pari risqué : le Royaume-Uni, la Hongrie, l'Espagne ou encore le Canada proposent des incitations financières et des crédits d'impôt souvent plus compétitifs, ce qui rend les arbitrages de tournages extrêmement volatils. Ces décisions sont de plus en plus prises au gré des variations législatives, non sur la base de critères culturels ou artistiques. Les annonces récentes du président Trump, qui souhaite renationaliser tous les tournages américains, montrent bien notre vulnérabilité vis-à-vis de cette économie.

D'autre part, et plus structurellement, le développement accéléré de la production virtuelle (notamment via les technologies LED volumes) et l'intégration croissante de l'intelligence artificielle dans les circuits de fabrication risquent à moyen terme de réduire la centralité des studios physiques traditionnels. Investir massivement dans des infrastructures susceptibles d'être rapidement obsolètes est un pari technologiquement hasardeux. À terme, une partie significative des productions – notamment les blockbusters ou les séries à haute valeur ajoutée visuelle – pourraient être tournées en environnements virtuels, sans recours massif à des décors réels ou à des studios classiques.

En outre, plusieurs rapports de professionnels pointent l'absence de vision d'ensemble dans la répartition des crédits du plan, avec peu de coordination entre les investissements en studios et ceux destinés à la formation, à la création, à la postproduction ou à la R&D. En somme, nous risquons de construire des cathédrales sans fidèles, faute d'articuler ces investissements avec une stratégie de contenu, d'accompagnement des talents et de structuration de la chaîne de valeur.

Il est donc urgent de rééquilibrer la politique industrielle en faveur des maillons amont (écriture, développement, innovation narrative) et aval (postproduction, exportation, diffusion), tout en intégrant pleinement les enjeux de transition numérique et écologique.

Enfin, il est essentiel de mobiliser l'opinion publique autour de cet enjeu. Le cinéma français ne pourra rester vivant sans le soutien actif de son public. Il faut faire en sorte que les Français soient non seulement fiers de leur cinéma, mais aussi conscients de sa fragilité et de son importance stratégique. Cela passe par une meilleure visibilité des œuvres dans les médias généralistes, par une valorisation systématique des succès artistiques et commerciaux, par des campagnes de sensibilisation sur l'enjeu culturel, économique et démocratique que représente la diversité des récits.

Le cinéma ne doit pas être perçu comme un luxe ou une distraction pour initiés, un opéra pour le XXIe siècle, mais comme un bien commun, une composante essentielle de l'identité nationale, un levier de compréhension et d'influence. Il appartient à tous – créateurs, enseignants, journalistes, institutions, citoyens – d'en être les ambassadeurs. Sans cette mobilisation collective, aucune politique publique, si ambitieuse soit-elle, ne pourra suffire.

Conclusion

Le cinéma est annoncé comme mort depuis sa création. Les frères Lumière prédisaient la caducité de leur invention à l'aube d'un siècle, le XXe, dont l'histoire s'est au contraire confondue avec celle du cinéma, médium technique et pratique artistique qui en a enregistré tous les soubresauts, jusqu'aux guerres mondiales, Godard allant jusqu'à dire que le cinéma, art des masses, avait échoué en n'empêchant pas la barbarie qui allait se retourner contre ces mêmes masses. Mais le cinéma, après la Seconde Guerre mondiale, ne s'est pas éteint, il est revenu d'entre les morts : passant, selon la classification célèbre de Deleuze, de l'image-mouvement (celle d'un cinéma classique, fondé sur l'action, la vitesse, l'héritage du théâtre et de la littérature) à l'image-temps (celle d'un cinéma moderne et de l'expérience formelle, ancré sur l'errance, la crise du sens, le primat de la mémoire, du rêve et de la pensée sur la narration). Ensuite, le cinéma n'a cessé de se réinventer alors que l'on présageait sa mort, et ce à chaque innovation technique qui semblait consacrer l'avènement de son remplaçant : après le parlant et la couleur, ce fut la télévision, puis la vidéo, en parallèle les jeux vidéo, ensuite les plateformes, maintenant les réseaux sociaux, demain l'intelligence artificielle.

Pourtant, les résurrections permanentes du cinéma ne viennent pas seulement de sa capacité à innover formellement de manière constante et à intégrer en parallèle les acteurs moteurs de ces nouvelles pratiques audiovisuelles dans son écosystème – ce qui lui permet d'ingérer, en tant qu'art mais aussi comme industrie, les apports des autres médias de l'image, afin de faire de ces concurrents potentiels à la fois des catalyseurs formels et des sources nouvelles de financement. Cette vitalité sans cesse réaffirmée, on la doit aussi à sa spécificité intrinsèque : il est à la fois l'enregistreur du réel par excellence (ce qui en a fait, et pas seulement dans son versant documentaire, « l'ethnologie du XXe siècle », pour reprendre l'expression de Serge Daney[1]), mais

1. Serge Daney, *La Rampe. Cahier critique 1970-1982*, Paris, Gallimard, coll. « Folio Essais », 1983.

aussi l'art qui peut rendre visible ce qui ne l'est pas encore, ce qui est inaccessible au regard humain mais relève du cerveau (Resnais, Marker, Lynch) ou du corps (Cronenberg et tous ses disciples).

C'est cette double faculté, accrue par l'extension du domaine du filmable grâce aux innovations technologiques, qui assure la pérennité du cinéma. Et qui lui a permis, non pas d'être dévoré par les autres régimes d'images, mais au contraire de les féconder : les séries reprennent dans leur principe la logique des *serials* cinématographiques du début du XXe siècle (*Fantomas*, *Judex*...) ; les mini-séries ont été inventées par le cinéma d'auteur (*La Maison des bois* de Pialat, *Scènes de la vie conjugale* de Bergman, *Out 1* de Rivette, *Le Monde sur le fil* de Fassbinder) ; les grands jeux vidéo d'aujourd'hui reprennent la grammaire visuelle, le réalisme et le narratif du cinéma en même temps que ses genres clés (le western pour *Red Dead Redemption*, le *road movie* pour *GTA*, le *survival* post-apocalypse pour *The Last of Us*) ; l'art contemporain comme les vidéos de streaming reprennent, parfois sans le savoir, les expérimentations plastiques de l'avant-garde des années 1920, d'Abel Gance à Jean Epstein...

Et c'est aussi ce qui lui permet de se renouveler lui-même en tant qu'art, ce qui, plus que jamais, s'avère impératif. Car, de la même manière que le cinéma moderne est né des grandes ruptures mondiales du XXᵉ siècle, qu'il a enregistrées, historicisées voire accompagnées (la Seconde Guerre mondiale, mais aussi la décolonisation, la révolution des mœurs et de la jeunesse, le dégel de la guerre froide puis l'avènement d'un nouvel ordre mondial globalisé autour de l'hégémonie américaine), le cinéma d'aujourd'hui et de demain aura la responsabilité de muer pour donner une forme et du sens aux mutations structurelles en cours, qui sont celles du XXIᵉ siècle (l'ère de l'anthropocène, les extinctions programmées de pans entiers du vivant, la domination quasi universelle du capitalisme, le retour de l'autoritarisme dans le monde et de la guerre, en particulier en Europe, la technologisation sans cesse accrue de l'humain et du monde). Et l'on repère déjà les prémices d'une nouvelle représentation, par le cinéma, de ces lames de fond, par de nouvelles images qui apparaissent, émanant de champs qui étendent le domaine du visible et du sensible à ce qui en était exclu jusqu'alors. Les films de Weerasethakul permettent ainsi de voir le monde depuis le point de vue des fantômes, et même de l'origine du monde (*Memoria*) ; dans *EO* de Skomilowski, la caméra se fait vision des animaux, alors que la fin de notre monde est perçue à travers le regard d'un cyborg dans le *Sayonara* de Fukada. Cette extension progressive du cinéma au non-humain et la reconfiguration de la place de l'humain dans son environnement sensible peuvent définir un nouveau type d'image : après l'image-mouvement et l'image-temps, une image-lien, celle qui définit nos relations au vivant, au biologique, aux êtres et aux choses.

Le cinéma n'est donc pas mort, et on peut lui souhaiter encore une longue vie. Mais attention, néanmoins, à ce qu'il ne disparaisse pas sans crier gare. La disparition, c'est l'effacement progressif, qui n'a rien à voir avec la mort : pour le cinéma, ce serait disparaître en tant qu'art, en tant que passion, en tant que première fenêtre d'explication, d'enregistrement et de monstration du monde pour le plus grand nombre, en tant qu'à la fois art prestigieux et divertissement de masse, en tant qu'extension de nos consciences et de notre capacité à penser et interroger le sensible et le visible. Ce risque-là, lui, est bien réel, et rampant, depuis sans doute plusieurs décennies : ce qui faisait du cinéma l'art populaire par excellence du XXe siècle, sans rival, n'est plus tellement d'actualité aujourd'hui, car les modes de représentation, de financement, de rapports de forces entre art et industrie, notre rapport même à l'image, ont radicalement changé. C'est ce que cet essai a tenté de radiographier en le remettant en perspective.

Que faire du et pour le cinéma, dès lors ? Ne pas le figer dans une vision passéiste et nostalgique de ce qui a fait sa puissance inégalée au XXe siècle, car nous sommes dans une tout autre époque, mais au contraire pousser à reconfigurer l'adéquation du médium cinématographique aux enjeux de demain, tout en s'assurant d'un impératif catégorique à destination de la jeunesse d'aujourd'hui : faire que les films, y compris ceux d'hier, soient vus, accessibles, débattus, critiqués, commentés, pour le patrimoine comme pour la création. Muséifier le cinéma, au sens strict de l'amener au musée, c'est le fétichiser, le racornir aux bribes iconiques de ce qui n'en est que la surface : la vitalité du cinéma se confond avec celle des films. C'est pour cela qu'au-delà de toutes les adaptations nécessaires du système dans son financement, sa régulation, son accompagnement industriel et son éclosion créative, qui sont indispensables mais auxquels on limite trop souvent le rôle de la puissance publique, il faudra aussi s'assurer d'*entretenir la flamme* de la passion, de continuer à faire du cinéma cette passion française qu'il a toujours été, de son invention technique au Festival de Cannes en passant par la Nouvelle Vague. Pour cela, les salles, toutes les salles, mais aussi les critiques, les festivals, les médiateurs, les formateurs, ont un rôle à jouer absolument décisif, tout autant que les financeurs et créateurs qui, s'ils font directement le cinéma, ne sauraient entièrement le résumer. C'est en coalisant tout cet écosystème, de l'art et l'essai à l'industrie, de la pensée à la pratique, de l'acte d'écrire ou de débattre à celui de créer, que l'exceptionnalisme français en matière de cinéma pourra être appelé à perdurer.

Le cinéma ne mourra pas de l'intelligence artificielle, pas plus qu'il n'est mort de la télévision, du numérique ou du streaming. Mais il pourrait mourir de l'indifférence. Ce qui le sauvera, ce ne sont ni les algorithmes, ni les studios rutilants, mais une décision collective : celle de croire, encore et toujours, à la puissance des récits. La France a cette responsabilité. Et si elle sait la saisir, alors, oui, elle pourra encore éclairer le monde d'un regard qui n'appartient qu'à elle.

Sources et références mobilisées

Organisées par chapitre, elles regroupent les articles, rapports, données, films, discours, citations, etc.

Le cinéma italien : grandeur et décadence

Laurence Schifano, *Le Cinéma italien de 1945 à nos jours*, Armand Colin, 2022.
Jean A. Gili, *Le Cinéma italien*, Éditions de La Martinière, 2011.
Mathias Sabourdin & Marie-Pierre Lafargue, *Dictionnaire du cinéma italien*, Nouveau Monde Éditions, 2014.
Jean-Baptiste Thoret, *Le Cinéma italien*, Les Cahiers du cinéma, 2010.
Gianfranco Bettetini, *Histoires et modèles du théâtre télévisé italien*, 1990.

L'ère du flux : l'écran sans fin

Paul Virilio, *La Bombe informatique*, Galilée, 1998.

Bruno Patino, *La Civilisation du poisson rouge : Petit traité sur le marché de l'attention*, Grasset, 2019.

Shoshana Zuboff, *L'Âge du capitalisme de surveillance*, Zulma, 2019.

Laurent Creton, *L'Économie du cinéma*, Armand Colin, 2008.

Julien Boyadjian, 2020, *La Participation politique en ligne des jeunes à travers le prisme des inégalités socio-culturelles*, INJEP, Notes & rapports / Rapport d'étude.

Données CNC : statistiques régulières sur la fréquentation des salles et les usages numériques, https://www.cnc.fr/cinema/etudes-et-rapports/statistiques

Ex Machina : l'intelligence artificielle et la fin du réel ?

Étude CNC, *Quel impact de l'IA sur les filières du cinéma, de l'audiovisuel et du jeu vidéo*, avril 2024 : https://www.cnc.fr/profession

nels/etudes-et-rapports/etudes-prospectives/quel-impact-de-lia-sur-les-filieres-du-cinema-de-laudiovisuel-et-du-jeu-video_2144677

McKinsey & Company, *The State of AI in 2023 : Generative AI's Breakout Year, QuantumBlack*, 2023, [en ligne] : https://www.mckinsey.com/capabilities/quantumblack/our-insights/the-state-of-ai-in-2023-generative-ais-breakout-year

Mori, Masahiro, *The Uncanny Valley*, trad. Karl F. MacDorman et Norri Kageki, *IEEE Robotics and Automation Magazine*, vol. 19, n°2, 2012 (article original publié en japonais en 1970).

Dziga Vertov, « Le Ciné-Œil », LEF, n°1, juin 1923 ; repris dans Écrits sur le cinéma, trad. et éd. Jean-Claude Lallias et François Albera, *L'Âge d'Homme*, 1992.

Jean-Baptiste Thoret, Michael Mann. *Mirages du contemporain*, Paris, Flammarion, 2021.

Main basse sur Hollywood : qui possède vraiment le cinéma ?

Anne Thompson, *The $11 Billion Year : From Sundance to the Oscars, an Inside Look at the*

Changing Hollywood System, HarperCollins, New York, 2014.

Ben Fritz, The Big Picture : The Fight for the Future of Movies, Boston et New York, Houghton Mifflin Harcourt, 2018.

Statista, L'industrie cinématographique en France – dossier Statista, étude n°32125, actualisé en 2025, [en ligne], disponible sur Statista : https://fr.statista.com/etude/32125/l-industrie-cinematographique-en-france-dossier-statista/

Martin Scorsese, « I Said Marvel Movies Aren't Cinema. Let me explain. », *The New York Times*, 4 novembre 2019.

European Audiovisual Observatory, The Role of VOD Services in Promoting European Works, Strasbourg, European Audiovisual Observatory (Council of Europe), 2022.

CNC, Observatoire de la vidéo à la demande, étude prospective, Observatoire de la vidéo à la demande, 30 janvier 2025, [en ligne] : https://www.cnc.fr/professionnels/etudes-et-rapports/etudes-prospectives/observatoire-de-la-video-a-la-demande-janvier-2025_2334888

Fenêtre sur le monde : qui raconte les récits ?

Joseph S. Nye Jr., *Soft Power : The Means to Success in World Politics*, New York, PublicAffairs, 2004.

Philippe Marion, *L'Empire des images*, Les Impressions Nouvelles, 2013.

David Bordwell, *Narration in the Fiction Film*, Madison (Wisconsin), University of Wisconsin Press, 1985.

Jean-Michel Frodon, *La Projection nationale : Cinéma et nation*, Paris, Odile Jacob, 1998.

Jean-Baptiste Thoret, *Le Cinéma américain des années 70*, Paris, Cahiers du cinéma (collection *Essais*), 8 juin 2006 (rééditions en 2008 et 2017).

Paolo Mereghetti, *Il Mereghetti : Dizionario dei film – Édition du trentennale (1993-2023)*, Milan, Baldini+Castoldi, 29 septembre 2023.

Gilles Fontaine, *Works on Television in Europe – 2023 data*, Strasbourg, European Audiovisual Observatory (Conseil de l'Europe), 4 février 2025, [en ligne] : https://rm.coe.int/works-on-television-in-europe-2023-edition-july-2023-g-fontaine/1680ae68d3

CNC, *Bilan 2023 du cinéma*, Paris, CNC, 1er décembre 2023, [en ligne] : https://www.cnc.fr/professionnels/etudes-et-rapports/bilans/bilan-2023-du-cnc_2190717

Unifrance, *Bilan 2023 – Les films français en salle et dans les festivals à l'international*, Paris, Unifrance, 11 octobre 2023, [en ligne] : https://www.unifrance.org/actualites/17001/bilan-2023-les-films-francais-en-salle-et-dans-les-festivals-a-l-international

#MeToo, VHSS : le vent s'est levé

Iris Brey, *Le Regard féminin. Une révolution à l'écran*, Paris, Éditions de l'Observatoire, 2020.

Assemblée nationale, Rapport sur les violences sexuelles dans le milieu culturel, n° 1248, mars 2025.

CNC, *Observatoire de l'égalité Femmes – Hommes (édition 2024)*, étude prospective, Paris, 14 novembre 2024, [en ligne] : https://www.cnc.fr/professionnels/etudes-et-rapports/etudes-prospectives/observatoire-de-legalite-femmes–hommes-edition-2024_2294641

Thomas Doherty, *Hollywood's Censor : Joseph I. Breen and the Production Code Administration*, New York & Londres, Columbia University Press, 2007.

Ed Guerrero, *Framing Blackness : The African American Image in Film*, Philadelphia (Pennsylvanie), Temple University Press, 1993.

Brooks Barnes, « What We Know About the DeSantis-Disney Dispute », *The New York Times*, 19 mai 2023, [en ligne] : https://www.nytimes.com/2023/05/19/business/disney-florida-desantis.html

Djaïd Yamak, « La Cinémathèque française annule la projection du "Dernier Tango à Paris", après une vive polémique », *Le Monde*, 15 décembre 2024, [en ligne] : https://www.lemonde.fr/culture/article/2024/12/15/la-cinematheque-francaise-annule-la-projection-du-dernier-tango-a-paris-apres-une-vive-polemique_6450277_3246.html

Hito Steyerl, *Duty Free Art : Art in the Age of Planetary Civil War*, Londres, Verso, novembre 2017

Benjamin Lee, « Study shows 'catastrophic' 10-year low for female representation in film », *The Guardian*, 21 février 2024, [en ligne] : https://www.theguardian.com/film/2024/feb/21/female-representation-film-usc-annenberg-study

Lauren Aratani, « "A troubling pattern" : has Hollywood given up on pushing for diversity ? », *The Guardian*, 28 juillet 2023, [en ligne] : https://www.theguardian.com/business/2023/jul/28/hollywood-dei-black-female-executives

UCLA Entertainment and Media Research Initiative, *Hollywood Diversity Report 2023 : Part 1 – Film*, Los Angeles, UCLA IRLE, 30 mars 2023, [en ligne] : https://socialsciences.ucla.edu/wp-content/uploads/2024/06/UCLA-Hollywood-Diversity-Report-2023-Film-3-30-2023.pdf

Le choc des empires

Pascal Boniface, *Géopolitique du soft power*, Eyrolles, 2021

David Martinon, « Le parti hollywoodien », *Pouvoirs*, n° 133 (*La Californie*), avril 2010, p. 85-101, DOI 10.3917/pouv.133.0085, [en ligne] (accès Cairn) : https://shs.cairn.info/revue-pouvoirs-2010-2-page-85.htm

CNC, *Bilan 2023 du cinéma*, Paris, CNC, 1er décembre 2023, [en ligne] : https://www.cnc.fr/professionnels/etudes-et-rapports/bilans/bilan-2023-du-cnc_2190717

CNC, « À 181 millions d'entrées, la fréquentation des salles en 2024 confirme la situation exceptionnelle de la France dans le paysage du cinéma mondial », communiqué de presse, Paris, CNC, 2 décembre 2024, [en ligne] : https://www.cnc.fr/professionnels/communiques-de-presse/avec-plus-de-181-millions-dentrees-en-2024-les-salles-francaises-confirment-la-situation-exceptionnelle-de-la-france-dans-le-paysage-du-cinema-mondial_2318147

Données box-office chinois : China Film Administration, données officielles, 全国电影票房年度报告, Pékin, China Film Administration, 2023–2024, [en ligne] : https://vip.stock.finance.sina.com.cn/corp/view/vCB_AllBulletinDetail.php?id=9452011&stockid=600977

Statistiques sur le parc de salles : *China Daily*, « China's domestic film industry ends 2023 on a stable recovery note », 1er janvier 2024, [en ligne] : https://www.chinadaily.com.cn/a/202401/01/WS6592681ea3105f21a5079f49.html

China Daily, « Chinese cinema tries new plots, innovation to sharpen its image », 9 janvier 2025, [en ligne] : https://www.chinadaily.com.cn/a/202501/09/WS677f384ea310-f1265a1d9ddd.html

Financial Times, « Wanda's global cinema push under scrutiny after debt-fuelled splurge », *Financial Times*, 24 juillet 2023, [en ligne] : https://www.ft.com/content/4f5ff4b6-61c0-4b79-8c2e-51d67117e806

Los Angeles Times, « Legendary buys out China's Wanda ownership stake », 14 octobre 2024, [en ligne] : https://www.latimes.com/entertainment-arts/business/story/2024-10-14/legendary-buys-out-china-wanda-ownership-stake

International Union of Cinemas (UNIC), *Annual Report 2023 : Key cinema trends in Europe (986 M admissions, €7.2 B box office)*, Strasbourg, UNIC, publié 18 juin 2024, [en ligne] : https://www.unic-cinemas.org/fileadmin/user_upload/Publications/2024/UNIC_Annual_Report_2024.pdf

International Union of Cinemas (UNIC), *Annual Report 2022 : European cinema recovery post-pandemic (809 M admissions, €5.7 B box office)*, Strasbourg, UNIC, publié 21 juin 2023, [en ligne] : https://www.unic-cinemas.org/fileadmin/user_upload/Publica tions/2023/UNIC_Annual_Report_2023. pdf

OCDE (Organisation de coopération et de développement économiques), *Services Trade Restrictiveness Index : Motion Picture Services*, Paris, OCDE Publishing, 2025 (mise à jour des données 2024), [en ligne] : https://www.oecd.org/content/dam/oecd/en/topics/policy-sub-issues/services-trade-restrictiveness-index/oecd-stri-sector-note-asmot.pdf

European Audiovisual Observatory, *Focus – World Film Market Trends 2024* (27e édition), Strasbourg, Observatoire européen de l'audiovisuel (Conseil de l'Europe), 31 mai 2024, [en ligne] : https://www.obs.coe.int/en/web/observatoire/-/focus-2024-world-film-market-trends

Bruna Basini, « Comment la "vague culturelle coréenne" a conquis la planète », *Le Monde*, 23 février 2025, [en ligne] : https://www.lemonde.fr/economie/article/2025/02/23/comment-la-vague-culturelle-coreenne-a-conquis-la-planete_6560818_3234.html

Une exception sous tension : le cinéma français, un équilibre fragile

René Bonnell, *La Vingt-Cinquième Image : une économie de l'audiovisuel*, Paris, Éditions de la Documentation française, 1978.

Edward Ousselin, *Histoire du cinéma français*, Marion (Illinois), AATF Press, 2022.

Laurent Creton, *L'Économie du cinéma*, Armand Colin, 2008.

Michel Chion, *L'Audio-vision : Son et image au cinéma*, Paris, Armand Colin, 1990 (rééd. 2005)

CNC, *La Chronologie des médias : analyse des sorties et des délais d'exploitation (édition 2023-2024)*, étude prospective, Paris, CNC, publiée le 15 juin 2024, [en ligne] : https://www.cnc.fr/professionnels/etudes-et-rapports/etudes-prospectives/chronologie-des-medias-2023-2024_2301234

Jacques Mandelbaum, « Films courts pour temps long sur le Net », *Le Monde*, 27 mars 2020, [en ligne] : https://www.lemonde.fr/culture/article/2020/03/27/films-courts-pour-temps-long-sur-le-net_6034580_3246.html

Konbini (rédac), « Les films sont-ils vraiment de plus en plus longs ? », *Konbini*, 2022, [en ligne] : https://www.konbini.com/popculture/les-films-sont-ils-vraiment-de-plus-en-plus-longs/

France 24 via RTBF, « Quelle est la durée idéale pour un film ? », *RTBF Actus*, 2023, [en ligne] : https://www.rtbf.be/article/quelle-est-la-duree-ideale-pour-un-film-11368058

Le Film Français, « Après un premier trimestre 2024 très compliqué, les investissements publicitaires des distributeurs progressent », 2024, [en ligne] : https://www.lefilmfrancais.com/index.php ?Itemid=174&id=368

Screen Daily, « French film production continues strong post-pandemic run », 3 mars 2025, [en ligne] : https://www.screendaily.com/news/french-film-production-continues-strong-post-pandemic-run/5203818.article

Une place au soleil ? Le cinéma français et son rayonnement

Unifrance, *Bilan 2023 – Les films français en salle et dans les festivals à l'international*, Paris, Unifrance, 11 octobre 2024, [en ligne] : https://www.unifrance.org/actualites/17001/

bilan-2023-les-films-francais-en-salle-et-dans-les-festivals-a-l-international

Centre national du cinéma et de l'image animée (CNC), *Bilan 2024 du cinéma : fréquentation et export*, Paris, CNC, 30 mai 2025, [en ligne] : https://www.cnc.fr/professionnels/etudes-et-rapports/bilans/bilan-2024-du-cnc_2388088

Nicole Vulser, « Le film français ne fait pas recette à l'étranger », *Le Monde*, 10 janvier 2023, [en ligne] : https://www.lemonde.fr/economie/article/2023/01/10/le-film-francais-ne-fait-pas-recette-a-l-etranger_6157280_3234.html

Institut français, *Rapport d'activité 2023 – diplomatie culturelle et industries créatives*, Paris, Institut français, publié en mars 2024, [en ligne] : https://site-institutionnel.cdn.institutfrancais.com/files/medias/documents/rapport_activite_if_2023.pdf

L'instant décisif : le cinéma français à l'heure des choix

CNC, *Appel à projets France 2030 : La Grande Fabrique de l'image – studios, production numérique et formation*, Paris, CNC, 25 avril

2022, [en ligne] : https://www.cnc.fr/professionnels/aides-et-financements/multi-sectoriel/appel-a-projet-france-2030–la-grande-fabrique-de-limage–sur-les-studios-et-la-formation_1672282

Kelly Burke, « Australia is spending millions to lure Hollywood productions. But is it worth it ? », *The Guardian*, 24 mai 2023, [en ligne] : https://www.theguardian.com/film/2023/may/24/australia-is-spending-millions-to-lure-hollywood-productions-but-is-it-worth-it

Fabien Raynaud et Hortense Naudascher, *Rapport sur les équilibres de l'industrie audiovisuelle et cinématographique à l'heure des grandes plateformes de vidéo à la demande*, remis au président du Centre national du cinéma et de l'image animée, Paris, CNC, 4 juin 2024, [en ligne] : https://www.cnc.fr/professionnels/etudes-et-rapports/rapport/rapport-sur-les-equilibres-de-lindustrie-audiovisuelle-et-cinematographique-a-lheure-des-grandes-plateformes-de-video-a-la-demande-_2290693

CNC, *Un volume de production aidée par le CNC stable en 2023, des investissements en forte hausse*, communiqué, Paris, CNC, 30 mai 2024, [en ligne] : https://www.cnc.

fr/professionnels/actualites/un-volume-de-production-aidee-par-le-cnc-stable-en-2023-des-investissements-en-forte-hausse_2197951

European Audiovisual Observatory, *Public Funding and Production Incentives in Europe: Direct Public Funding and Tax Incentives in European Film Financing (2018-2022)*, Strasbourg, Observatoire européen de l'audiovisuel (Conseil de l'Europe), 7 novembre 2024, [en ligne] : https://www.coe.int/en/web/portal/-/tax-relief-for-film-production-in-europe-showing-greater-growth-than-direct-public-funding

CNC, *Le CNC dévoile le bilan de la production cinématographique 2023 : 5 055 jours de tournage en France (+22,2 %)*, communiqué, Paris, CNC, 5 avril 2024, [en ligne] : https://www.cnc.fr/professionnels/actualites/le-cnc-devoile-le-bilan-de-la-production-cinematographique-2023_2159818

Bibliographie générale

Références transversales, lectures conceptuelles et ouvrages de fond :

Gilles Deleuze, *L'Image-mouvement*, Minuit, 1983.
Gilles Deleuze, *L'Image-temps*, Minuit, 1985.
André Bazin, *Qu'est-ce que le cinéma?*, 4 volumes, Éditions du Cerf, 1958-1962.
Serge Daney, *La Maison cinéma et le monde*, 4 tomes, P.O.L, recueil d'articles.
Jacques Rancière, *Le spectateur émancipé*, La Fabrique, 2008.
Edgar Morin, *Le Cinéma ou l'homme imaginaire*, Éditions de Minuit, 1956.
Raymond Bellour, *L'Entre-images*, P.O.L, 1990.
Jean-Michel Frodon, *La Projection nationale*, Odile Jacob, 1998.
Jean-Luc Godard, *Introduction à une véritable histoire du cinéma*, Albatros, 1980.
Susan Sontag, *Sur la photographie*, Christian Bourgois, 1977.
Michel Chion, *L'Audio-vision*, Armand Colin, 1990.
Laura Mulvey, « Visual Pleasure and Narrative Cinema », *Screen*, vol. 16, issue n°3, 1975, pp. 6-18.
Jean Narboni et Sylvie Pierre (dir.), *Le Cinéma selon Jean-Luc Godard*, Cahiers du cinéma, 2006.
David Bordwell, *Narration in the Fiction Film*, University of Wisconsin Press, 1985.

Thomas Elsaesser, *European Cinema : Face to Face with Hollywood*, Amsterdam University Press, 2005.

Jean-Baptiste Thoret, *Michael Mann, Hollywood moderne*, Rouge Profond, 2007.

Jean-Baptiste Thoret, *Le Cinéma américain des années 70*, Rouge Profond, 2006.

Pascal Boniface, *Géopolitique du soft power*, Eyrolles, 2021.

René Bonnell, *La vingt-cinquième image : une économie de l'audiovisuel*, La Documentation Française, 1978.

Bruno Patino, *La Civilisation du poisson rouge*, Grasset, 2019.

Paul Virilio, *La Bombe informatique*, Galilée, 1998.

Table

Troisième partie
La France face au défi du XXIe siècle

CET OUVRAGE
A ÉTÉ ACHEVÉ D'IMPRIMER
PAR L'IMPRIMERIE NORMANDIE ROTO IMPRESSION S.A.S.
À LONRAI EN OCTOBRE 2025

Cet ouvrage a été mis en page par IGS-CP
à L'Isle-d'Espagnac (16)

Les Éditions Flammarion sont investies dans une démarche active
pour l'empreinte environnementale de leurs parutions.
Ainsi, le livre que vous tenez entre vos mains a été imprimé
sur des papiers issus de forêts gérées durablement,
par un imprimeur engagé dans la protection de l'environnement.

N° d'édition : 649843-0. N° d'impression : 2503727
Dépôt légal : octobre 2025
Imprimé en France